RESERVADO

RESERVADO

por
Alexandre Ribeiro

Projeto gráfico: LUCAS RODRIGUES - **contact@lucasrodrigues.design**
Ilustrações: GABRIEL JARDIM - **gabriel_jfs@hotmail.com**
Edição: DIEGO DE OXÓSSI & RAYANNA PEREIRA
Revisão por NI BRISANT — **nibrisant@gmail.com**

Informações, palestras e contato com o autor:

@daquebradapromundo
@alexandremrb

R 484r Ribeiro, Alexandre.
Reservado / Alexandre Ribeiro; [ilustração] Gabriel Jardim. – São Paulo: Arole Cultural, 2021.

ISBN 978-65-86174-01-4

1. Literatura Infantojuvenil 2. Romance 3. Aventura de Ficção. 4. Racismo. 5. Despertas da vida adulta. 6. Temáticas Sociais. I. Jardim, Gabriel. II. Título.

2021-324 CDD:028.5
CDU: 82-93

Elaborado por Vagner Rodolfo da Silva - CRB-8/9410

Índice para catálogo sistemático:

1. Literatura infantojuvenil 028.5
2. Literatura infantojuvenil 82-93

AGRADECIMENTOS

A Deus pela bênção da vida e da partilha do bem. Sou grato por ser mensageiro. À minha heroína, Silvia Ribeiro Barros. Extraiu dos tempos difíceis o retrato mais belo de um sorriso. Se não fosse a senhora eu teria perdido faz tempo. Te amo, mãe. À minha irmã, Juliana Ribeiro. Que nos tempos difíceis esteve lado a lado e foi fortaleza. À minha companheira, Jessica Küttner. O olhar que pulsa nosso amor me fez chegar até aqui. Você me fez acreditar. Crescer ao lado de mulheres foi o que me fez um homem.

Em especial, registro aqui um abraço para meu pai, Antenor Gomes Barros Filho. Se foi pela injustiça do Estado, porém, como o poeta Felipe Boladão eternizou nos versos, assim sempre será.

"Constantemente em nossos pensamentos.
Eternamente em nossos corações"

Agradeço, peço proteção e vou.

Juntos somos fortes.

Histórias mudam histórias

Se você está lendo esse livro e tem uma origem
igual à minha – pobre e de periferia –
essa introdução é para você. Fique.

Eu gostaria muito que você agora que me lê,
entendesse que a leitura pode ser um universo
de diversão e imaginação.
Ler um livro é como enxergar um novo mundo,
só que de olhos abertos!
Infelizmente o que você está prestes a ler
não é uma coisa fácil de se encontrar.
A história é comum.
Fala sobre nós, eu e você.
A treta mesmo foi o nascimento desse livro.
Infelizmente as pessoas que escrevem
raramente são pessoas como nós, ou pior,
raramente se preocupam com pessoas como nós.
Este livro é um aviso.

Esse caminho será difícil. Esse caminho será distante,
e muitas vezes você vai pensar em desistir.
Mas não, não desista. Isso não será impossível.
Se depender de nós, será tudo que pode ser.
Será difícil.

Será sorridente.
Será mágico.
Será real.
Será tudo.
Só que dessa vez, eu te prometo: você não está só.
Eu escrevi para te dizer que somos iguaizinhos.
Esse livro é um sonho da gente.
Essa história foi escrita de uma maneira simples,
às vezes misturando a realidade com o sonho,
às vezes misturando o sonho com a invenção.
Sempre me chamaram de mentiroso, até mitomaníaco.
Sabe o que eu fiz? O que eu fiz foi pegar
esse meu talento e jogá-lo no papel.
Eu escrevi esse livro inteiro na mesma favela
em que moro há 20 anos.
Você que está lendo, pode fazer o mesmo com
a sua história em qualquer lado desse mundão!

TODO MUNDO PODE FAZER ISSO.

Esse livro é para mostrar que é possível.
Se em algum momento você sentir que
a nossa história se parece,
dê uma pausa na leitura, e tente escrever a sua história.
Busque conhecimento, pergunte com o brilho nos olhos,
se encante com a sua própria história.

Este é só o começo.

Estórias mudam histórias

Se você está lendo essa mensagem e considera
que nossos caminhos foram dissidentes,
eu também quero dizer algo para você. Vamos juntos.
A ideia aqui não é fazer distinção, mas sim ser direto.
O que é literatura?
Sucessão de palavras que só dialogam com o privilégio,
com o privilegiado?
Histórias que respeitam regras,
mas não respeitam diversidade?
A literatura é o que o branco-classe-média-alta
quer que seja?
O que é literatura?
O meu respeito aos clássicos caminha de mãos dadas com
meu ódio por um Brasil fundado na desigualdade.
Eu não escrevo com pretensões que não me caibam.
Acredito em tempos onde a literatura é um direito.
E antes de ser direito, é peito aberto. Não é regra.
Exercido por todos e sonhado em conjunto.
Histórias. No plural mesmo.
Plurais e incontingentes.
Talvez, esse livro para você seja pequeno.
Talvez ele não caiba no normativo,
no que a academia considera o correto.

Mas eu não me importo.
O que me importa é seguir o coração em vias abertas.
O que eu faço pode não ser clássico, pode não ser prosa,
pode não ser poesia, pode não ser nada.
Do poder que me foi tirado eu me refiz.
São os vazios que me fazem inteiro.
O que eu proponho é que você se delicie
com histórias que não se parecem com a sua,
e quando encontrarmos pontos de encontro,
que a gente se abrace feito irmãos.
É aí que mora a magia da palavra.
O sentir não se limita em prisões.

Permita-se?

VAMOS JUNTOS.

Sumário

TÁTICAS DE AMOR
PARA VENCER A GUERRA 14

Capítulo I 16
Ela não aparenta ser quem é 16
Ônibus reservado 18
Capítulo II 30
Foi num baile black 30
Felicidade de pobre dura pouco 33
Recomeço 39
Capítulo III 40
O ônibus reservado 40
Nunca anuncie um ataque do P.C.C.* 45
João Victor 52
Parado no bailão 55
Capítulo IV 64
O dia em que minha barriga escreveu um poema . . 64
Bilhete 71
Hotel Pampas 77
Garibalda 88
Educação Física 87

má io

Capítulo V 92
O plano perfeito . . . 92
O feiticeiro . . . 95
Douglinhas, primeiro vida loka da história . . . 101
Capítulo VI 110
Pixote . . . 110
Hip Hop Cultura de Rua . . . 112
Capítulo VII 126
Amor prisioneiro . . . 126
Arroz queimado . . . 128
Toponímia . . . 131
Bilhete Único . . . 136
Capítulo VIII 144
A festa da firma . . . 144
A vaga . . . 152
Marreteiros . . . 155
Essa não é a sua vez . . . 160
Kotodama . . . 167
Sem título . . . 172
Ela não aparenta ser quem é . . . 180

TÁTICAS DE AMOR PARA VENCER A GUERRA

Vamos combinar uma coisa? Livros não foram feitos para morrer nas prateleiras.

Talvez você tenha conhecido o autor vendendo "Reservado" pelas ruas. Talvez alguma pessoa querida te deu esse livro de presente. Ou quem sabe, esse livro chegou até você por querer do destino. Todavia, a

viagem desse busão não acabou. Na verdade, juntos, estamos prestes a embarcar.

Ao todo, o livro já tem mais de 3.000 exemplares por todo o mundo. Para uma primeira viagem parece bastante, né? E é aqui que se aplica

a tática de amor que vence a guerra.
Um ancião uma vez disse:

> "Se você quer ser uma vencedora, um vencedor, você tem que ler pelo menos 10 páginas todo santo dia."

Depois de escutar essa frase, aplicar e dar certo,

eu pensei: “e que tal eu desafiar meus leitores?”

Vamos fazer o seguinte: a partir de hoje, você tem quatro semanas para ler esse livro. Todo santo dia você lê dez páginas dele. Se tiver muito pesado, tira um descanso no final de semana, cola num baile, dá um rolê. Só que na segunda-feira cê volta a ler, demorou? Se você seguir essa tática, você vai terminar o livro em menos de um mês. \o/

Se você conseguir terminar de ler o livro em menos de um mês, posta uma foto da capa do livro com a #DesafioReservado nas redes sociais que você vai receber uma surpresa única. Eu confio em você.

A única coisa que eu te peço, leitora, leitor, não desista da leitura! Lembre-se que, dessa vez, o escritor fez o livro pensando em você. Essa é a nossa história. É uma história que você pode contar.

A felicidade está no trajeto, não somente na chegada. Aperte o cinto e aproveite a viagem.

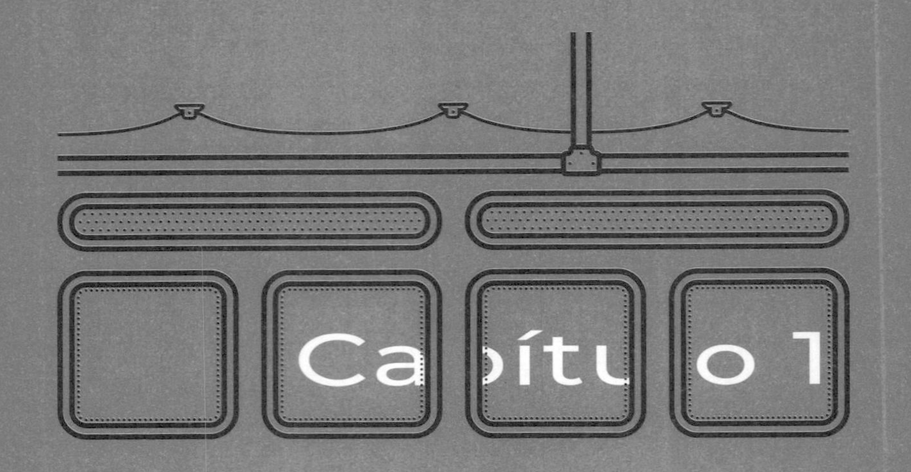

ELA NÃO APARENTA SER QUEM É

A sala estava toda branca, mesmo no granulado do concreto queimado. Em pequenos grupos de acalanto[1] os abraços iam reunindo as pessoas. João não conhecia nenhuma delas.

Reuniões daquele tipo sempre seguiam um protocolo familiar. Só eram acionadas em três ocasiões: primeiro, nas lajes para se encher. Segundo, nas ceias para se comer. E, em terceiro, nas crianças para se batizar. Mas essa, infelizmente, não era das ocasiões que entravam na lista. As feições[2] presentes na sala não eram compatíveis, e muito menos o formato daqueles abraços. Naquela sala cabia o erro, cabia o pecado, cabia a mazela e o entendimento. Cabia tudo. Só não existia espaço para a falta do choro.

Enquanto os olhares se cruzavam, as expressões faciais eram caminhos gigantescos que levam para lugar algum. João sentia que não conhecia ninguém, quando sentia que era um pouco de todos. Como pode um vazio ser tão forte? Como pode o nada preencher alguma coisa? Do que se faz um coração de miúdo?

---

1 - **Acalanto:** alguma coisa que conforte. Por exemplo: uma cantiga de ninar.

2 - **Feição:** o jeito que o rosto da pessoa fala. Por exemplo: o olhar de uma mãe quando o filho faz cagada. Esse olhar é uma feição de morte.

Respostas não tinham. O que todos tinham em comum era somente o sobrenome.

Daquelas histórias, todas levavam um pouco de Lilian, de Felipe, de Amarildo e de Marielle. Os acalantos sintetizavam as dores em comum na lembrança de um só homem. Seu Angenor.

Alguns corpos naquela sala trepidavam[3], outros eram amortecedor esperando para serem acionados. E João continuando sem entender. Por que a família toda chegaria numa madrugada de quinta para sexta? Mesmo que o gosto do chocolate branco ainda estivesse em sua boca, João começou a ficar com medo e engoliu seco aquela lágrima. Não era dia de festa. Depois de dois minutos observando as pessoas que quebravam a sua frente, João não sabia o que fazer. Foi quando eu tive que intervir.

– João, Sandra, vamos ao banheiro.

O pequeno banheiro sujo da casa era mal iluminado. Uma lâmpada incandescente[4] balançando, segurada pelo remendo de fita isolante, e a porcelana do vaso completamente manchada. O banheiro carregava a imagem do castigo. Do joelho no milho de pipoca. Das horas que as crianças ficavam sentadas no vaso. Da espera pelo pai ou pela mãe. De só poder sair se um de nós chegasse. O ambiente claustrofóbico já entregava para as crianças o pior que viria. Não precisava de muito. Passei a mão entre os cabelos loiros de Sandra, e, antes mesmo de dizer uma palavra, explodi o peito em uma tosse misturada com choro.

– O meu amor... O seu pai... Ele não vai voltar.

No momento em que a frase teve fim, a pequena Sandra entrou em desespero. Se debatia, dava socos no ar, es-

3 - **Trepidavam:** tremer que nem vara verde, ficar agitado.

4 - **Lâmpada incandescente:** um jeito chique de chamar aquelas lâmpadas velhas de casa de pobre.

perneava. E, mesmo que em prantos, eu tentava acalmar. Em forma de abraço tentava ser firmamento.

Quando o abraço cobriu a cabeça do menino, João sentiu o próprio peito se transformar em cristal. O corpo, em choque, teve uma reação química. Em uma forma alotrópica[5] do carbono, o coração do moleque se refez. Por completo agora ele era forma de pedra. O abraço de mãe que cobriu a cabeça do miúdo transformara coração em diamante.

João ficou atônito[6],

Sem reação,

Sem choro.

O abraço, que envolvia-os deu noção da profundidade do assunto. Aos 11 anos, acabou o tempo de brincadeira. Esse foi o recado que o coração mandou para o cérebro do menino, que muito pensava, menino que muito sentia.

Angenor amou tanto sua terra, Juazeiro do Norte, que fez questão de comemorar o aniversário de 95 anos dela em vida. Junto das vítimas da Chacina da Candelária se foi um dia depois. 23 DE JULHO DE 2006.

5 - **Alotrópico:** O diamante, o grafite e o fulereno são alótropos do carbono e se diferem pelo arranjo geométrico.

6 - **Atônito:** assustado, espantado, pasmo.

Oi, eu sou o João Victor. Ontem, no dia do meu aniversário de nove anos, ganhei do meu pai um caderninho de presente. Junto do caderno tinha um bilhete que dizia:

> ***"Meu filho, esse aqui é um presente singelo para você. Um caderninho. Talvez a gente não tenha dinheiro para comprar o melhor videogame, o melhor brinquedo, mas nós temos amor pela nossa história. O caderno é simples, nele você é capaz de escrever tudo o que quiser sobre a sua história. No papel você é o criador de tudo, você é a voz mais importante. Nessas páginas você vai aprender a sonhar, você vai aprender a viver. Esse é um presente para dar valor à sua história. Só você pode escrever ela. Lembre-se do sagrado conselho: quem lê enxerga melhor e só escreve bem quem lê bastante. Leia incansavelmente, mas não esqueça de escrever sua própria história"***

Hoje, inspirado no meu pai eu começo a escrever minha história.

ÔNIBUS RESERVADO

03 DE JULHO DE 2004. Para inaugurar meu caderninho eu preciso começar pela quebrada.

Anos atrás, nossas mães ocuparam o terreno onde a gente mora hoje. Na visão do prefeito, o lugar que a gente mora é invisível. Um lugar onde o carteiro não chega, um lugar que não tem CEP. "Área de risco" é como eles chamam. Na minha quebrada todos somos simples, difícil mesmo é a geografia. São três vielas que a prefeitura não tem nem coragem de chamar de rua. Chamam de "Passagem". Passagem Oliveira, Passagem Félix e, a nossa, Passagem Guimarães.

Minhas pernas magrelas que correm nessas vielas de terra, ainda não aguentam, mas teimam com essa mania de sonhar. Meu primeiro sonho: ganhar de todos meus parceiros na bolinha de gude. Superar o "palmo de galo"[7] do Moskito,

7 - **Palmo de galo:** é quando você está jogando bolinha de gude e estica a mão para cima, ao invés de para frente. O movimento fica em um *hangloose* com o dedo mindinho apoiado no chão. Parece um galo. Daí que vem o nome.

vencer os acertos valendo zói de gato do Marquinhos, e mostrar para o Wesley que nada vale a mão grande, se ele ramela[8] na hora de jogar. Mas isso tudo é fácil, difícil mesmo é andar entre os mais velhos e não ser o alvo da zoação. Na nossa mistura favelada de vencer a anemia e ir ficando mais velho, o que é popular entre meus parceiros é o funk e o videogame. Comigo já é diferente, eu chapo nos livros e adoro andar de busão. Por isso a rapaziada adora me zoar.

Mesmo que com gosto diferente, tem uma coisa que une todos nós, os favelados: o futebol de golzinho. Une tanto, mais tanto, que na nossa viela a gente fez o corre para construir o nosso. O golzinho da Passagem Guimarães. Conhecida no bairro, a nossa primeira construção foi taxada pelas outras vielas como "coisa de boy", de tão bem feita que era. Só de lembrar como fizemos o olho até lacrimeja. Uma cambada de moleque rodando os lixos da cidade, buscando madeira e corda de varal. Resultado: dois golzinhos de madeira perfeitos. Pintados de verde e amarelo, devidamente alinhados, e com uma rede cada. Coisa linda de se orgulhar.

E com nosso golzinho fomos com a paixão pelo futebol, partidas a perder de vista. Eu digo, assim, "fomos", talvez na tentativa de camuflar um pouco. Cê sabe, minhas habilidades nunca foram com as pernas e, sim, com as palavras. Na verdade, eu era novo demais para jogar com todos eles. Talvez ruim demais também, mas isso não vem ao caso. Então, eu ficava só na disposição de "gerente de logística do futebol".

Toda vez que eu pedia para jogar os moleques mais velhos me zoavam. "Hoje não, gandula". Por sorte, ou talvez força do destino, os ensinamentos do meu pai sempre estiveram comigo. "Quem lê enxerga melhor e só escreve bem quem lê bastante". Nos momentos que eu não estava jogando bola com os moleques, estava lendo algum livro.

8- Ramelar: dar vacilo, errar, ser moscão, badarosca.

Mas minha história não foi tão boi[9] assim. Vendo os jogos do Corinthians na TV eu penso "como será que aqueles caras aguentam?". Depois de três semanas como gandula eu preferia morrer do que buscar mais uma bola. Cansei de estar lendo alguma coisa e ter que parar de ler para correr atrás da bola. Que saco! Aí, meti fuga. Me tranquei dentro de casa por vários dias e fiquei focado, lendo.

Depois desses vários dias o Marquinhos sentiu minha falta. Passou em casa e gritou:

– Aê, João, cadê você menó? O professor Gibi disse que tá precisando da molecada pra jogar no sub 11. Se eu fosse você, largava esses livro de doido e corria pra rua. Nóiz tamo indo agora, se quiser se troca e encontra nóiz.

Por mais que eu bambeasse, não tinha muita escapatória. Eu adorava ler, mas o futebol era o que movia meu coração. Quando ele falou do "sub 11", eu me lembrei: Era o campeonato! Nem pensei duas vezes, me troquei e desci correndo atrás dos moleques até o campinho de terra. Chegando, consegui ver de longe quatro cavalos no canto esquerdo do campo. Marquinhos percebeu minha cara de medo e deu o salve:

– É... A gente tem que dividir o campo com os cavalos. E, sim, eles ficam ali o jogo inteiro. Não atacam, não atrapalham. Só não jogar a bola no canto deles e está tudo certo.

Só o nome do nosso professor que salvou aquela história. Professor "Gibi". As primeiras semanas de treino realmente não foram nada demais. O que eu realizei no campo da quebrada dava pra contar nos dedos. Roupas sujas de barro, tretas pelo meu temperamento, e uma dúzia de perebas no sovaco depois do dia que caí na merda de cavalo.

9 - **Boi:** fácil, mó mamão, de boa.

Zoado. O que me fez persistir nos treinos foi o sonho do campeonato sub 11.

No final daquela semana eu fiquei com medo do que poderia acontecer. O professor Gibi ia chamar os convocados. Eu não sei se sou bom o suficiente para jogar, ou pior, não consigo me imaginar noventa minutos em um campo sem passar vergonha. A semana passou, o momento chegou. Uma trupe de trinta moleques e meninas sentados de perna cruzada no barro aguardando o anúncio oficial do professor. Ele começou a lista.

– Bruno Oliveira, Cleiton Permínio – e ouvia-se uma pequena comemoração ao fundo em cada nome que era anunciado – Diego Duarte, Felipe Sena, Henrique Teodoro, Kelly Souza...

– "Até a Kelly?" - foi possível ouvir meia dúzia de moleques reclamando.

– ... Lucas Sampaio, Marcelo Henrique, Rafael Reis e, por último, Thiago Fernandes. Esses são os onze titulares que estarão conosco no campeonato semana que vem.

A decepção bateu forte no meu semblante[10], foi instantâneo. Minha cara aparentava uma profunda tristeza. Tristeza essa que, aos poucos, foi anestesiada em um efeito dominó, quando olhei para os lados e me vi igual a todos que ficaram de fora. Naquele momento, absorvi um pouco da minha essência marginal. Sem demora, o professor notou a tristeza e tirou a carta da manga.

– Mas todos que estão aqui estão convocados. Não desanima, pessoal! Quem chegar cedo, no dia do campeonato vai ganhar lanche, passear de ônibus e, quem sabe, ainda não dá uma jogadinha? Quem sabe?

10 - **Semblante:** a expressão do rosto de uma pessoa. Por exemplo: quando alguém peida o semblante é de culpado.

Eu arrastei[11] depois que ouvi a frase e falei bem alegre.

– Serião?! Andar de ônibus, Gibi?

– Sim, João. Oxi! Cê nunca andou de ônibus, não?

Com o punho direito fiz uma figa em sinal de felicidade. Enquanto os colegas riam, fiquei meio pá, inseguro. Poucos ali poderiam entender, mas, para mim, um ônibus tem toda uma magia.

É por isso que estou aqui, no dia 03 de julho de 2004, escrevendo essa história.

Eu adoro o busão por vários motivos. É o lugar em que passo mais tempo com meu pai. Todo final de ano ele me leva até a firma dele, na parte rica da cidade, e a gente vai buscar a cesta básica de Natal. Eu adoro o busão porque é a única coisa "de adulto" que eu posso fazer na minha idade. Para um garoto pobre que nem eu, essa é a primeira experiência de enxergar o tamanho do mundo. Toda vez em que eu entro no busão, eu piro. Se não for horário de pico, você pode escolher a cadeira que quiser e apreciar a vista da cidade enquanto passeia. Andar de ônibus pra mim é como entrar em um museu em movimento. A mente viaja para um canto e os olhos para outro. Quando estou dentro do busão me sinto livre. A cada metro que o ônibus anda imagino histórias, revivo sentimentos e aprecio as belezas do mundo. Uma grandiosa mistura de sensações abraça minha mente e faz sincronia com o pôr do sol mais belo da quebrada[12]. Nos dias em que estou mais triste, a janela serve como um ombro amigo. Nos dias em que estou mais feliz, até os pulos do ônibus parecem as batidas do coração. Coisa de doido mesmo. Uma semana se passou e o dia finalmente chegou.

Saímos de casa para o campinho, e o trajeto que normalmente levava de 10 a 15 minutos, na minha percepção,

---

11 - **Arrastei (essa gíria tem várias definições e usos):** Extrapolar um sentimento, zoar com alguém, levar junto pro buraco.

12 - **Quebrada:** favela, comunidade, gueto, subúrbio.

levou mais de 15 anos. Meu coração pulsava tão forte que eu sentia o espaço-tempo em uma outra densidade. Ao chegar, Marquinhos, Moskito e eu, encontramos um milagre para o barrão do Vila Alice: organização. Em uma fileira de quase 15 moleques, já se encontravam os sub 17 e em uma fileira um pouco menor estavam os sub 11.

As filas aguardaram mais quinze minutos para a chegada de todos os que faltavam, e só depois disso o professor Gibi foi distribuindo os kits lanche. Pão com presunto, suco de laranja e um Pingo de Leite.

– Obrigado, professor. Contra quem vai ser o jogo?

– De nada, João. Não sei ainda, vamos descobrir lá.

Com os moleques na fila do sub 17, eu fiquei distante das amizades. Olhei para os lados, e não via ninguém. Meus olhos buscavam qualquer olhar aberto, qualquer novo amigo, mas no sub 11 todo mundo era estranho. Sozinho eu estava. Queria ter um amigo para compartilhar a ansiedade do jogo, a ansiedade de comer meu doce favorito, o Pingo de Leite, e compartilhar até a ansiedade carro chefe, quer dizer, ônibus chefe do dia. O tal do ônibus que foi reservado para gente. Mas sem eles, sem amigos, eu senti minha alma sorrir brindando com a solidão. Finalmente chegou a sonhada maravilha.

Mercedes Benz, modelo 0-364 CMTC. Adesivada com os logos da prefeitura de Diadema e a placa contingente que confirmava o sonho. "Ônibus Reservado". O trambolho de ferro era meu super-herói gigante.

No colo do meu pai, quando estamos no ônibus, ele me conta diversas histórias. No caminho para qualquer lugar é quando eu e ele ficamos unidos. Da janela do ônibus, somos capazes de, juntos, buscar a grandeza das pequenas coisas da vida. Ele me ensinou a olhar, apontar e imaginar. No campinho, quando eu li a placa do ônibus escrito "Reservado", minha memória foi obrigada a rebobinar.

– Imagina, pai. Imagina se aquele ônibus está indo para... Plutão! Plutão, não, quer dizer, Marte!

– Aquele que passou vazio, filho? O da placa "reservado"?

– Isso, pai! Ele mesmo.

– Com certeza. A gente pode imaginar vários caminhos para ele, filho. Até universos, quem sabe? E se ele fosse até Magrathea[13]? Que tal?

– Ha, ha, hahHAh. Mas aí não dá, pai. É muito longe pra chegar de ônibus. Aí, não pode!

– Claro que pode, João! Por que, não? Imaginando, meu filho, imaginando a gente pode tudo.

Quando eu estava olhando aquele ônibus, na minha frente, a lembrança me fez sentir que já não estava mais só. A frase aqueceu meu coração. No meu peito a memória é tudo o que ficou da vida.

– Ô, moleque, acorda! A fila tá andando.

Por ter parado para relembrar a cena com meu pai, acordei tomando uns tapas no ombro do colega de time.

O pessoal foi subindo no busão alegre, gritando o hino do nosso time. Eu estava meio reflexivo, reservado. Durante toda a viagem fiquei apreciando as ruas em que passamos e observando as coisas como um todo. Minha

13 - **Magrathea:** o planeta favorito do livro favorito de Angenor e João Victor. Douglas Adams, autor do livro "O Guia do Mochileiro das Galáxias" definiu Magrathea como "O solo era às vezes de um cinza chato, às vezes de marrom chato, e o resto era menos interessante ainda". Um lugar incrível para se visitar, ao menos eles achavam.

RESERVADO
0-364
0-364 CMTC

cidade é bem bonita. Os gritos do ônibus baixaram, os coros da torcida sumiram, e, enfim, chegamos. Da entrada do estádio, podia-se ler "Clube Atlético Diadema". O único clube profissional da cidade. E adivinha?

– Pessoal, sem desespero por favor. Eu não quis falar antes, mas nosso jogo é contra o CAD!

Todo mundo da quebrada sabe que o CAD é o melhor time da cidade. O equilíbrio que ditaria a tarde depois daquela notícia era esse: três jogadores do nosso time para marcar um do time deles. A desgraceira tomou conta dos nossos corpos. Só podia dar ruim.

– Primmmmmmmmmmm! – o apito sentenciou o começo do jogo.

Na torcida, o time da casa tremia as mãos nos desejando azar. O movimento era o mesmo nas pernas dos nossos jogadores. Entretanto, o jogo até ia bem em seus dois minutos e quarenta e seis segundos. Só que, quando chegaram os três minutos cravados...

Guilherme, camisa 7 do time do CAD, cruzou uma bola simétrica[14] antes mesmo da linha do meio de campo. O cruzamento veio perfeito com a chapa do pé, diretamente ao domínio dos pés de Pedrinho, o craque do time da casa. Dali em diante foi só história triste. Pedrinho dominou a bola como quem não tinha dúvida do que ia fazer, ajustou a curvatura da coluna, inclinou o corpo para ganhar força e arrematou a bola em um chute colocado. Na gaveta. Depois disso aí foi, como diria o Mano Brown, "lágrimas". Um, dois, três e, quando estava para chegar no quarto gol, eu já não lembrava mais de nada. Curiosamente, minha mãe sempre ganha revistas de ciência

14 - Simétrica: mandou um lance harmonioso, perfeito, bonito de se ver.

da patroa dela, e em uma dessas eu li sobre meu trauma. Os cientistas chamam isso de "amnésia dissociativa". Que é quando uma pessoa esquece alguma coisa porque sofreu demais, sabe? Depois do terceiro gol, a única lembrança que passava na minha cabeça era o Gibi dizendo:

– Entra lá e, por favor, pelo amor de Deus, só não piora as coisas!

Essa frase me foi dita aos vinte e seis minutos do segundo tempo. Entrei, porém o único feito que eu pude realizar dentro de campo foi assistir ao placar. De 6x0 para o triunfal 7x0. Isso mesmo: s-e-t-e a zero.

Talvez por motivos de vergonha a amnésia dissociativa foi cortando tudo, foi tomando conta. Talvez por motivos de silenciamento essa história já não mereça mais tantos detalhes. A única coisa que eu fui capaz de lembrar dali em diante, foram os sabores desse episódio. Sentado no busão, chorando na volta para casa, eu consegui comer meu kit lanche. Enquanto eu mastigava, o salgado da lágrima escorreu pelo meu rosto e chegou até a boca. Transformou o sabor do meu doce favorito, o Pingo de Leite, em um agridoce[15] único. Era o gosto da derrota.

Quem diria, né? De todos os sonhos que eu tinha ao lado do meu pai, imaginando para onde iria esse tal do "ônibus reservado", eu não imaginava um destino tão trágico, uma rota marcante dessas. Em uma viagem de mãos dadas com a realidade, o que ficou reservado para mim foi só o agridoce da desilusão.

---

15 - **Agridoce:** nem um sabor doce, nem amargo, é a junção dos dois. É um sabor doce com um gostinho amargo, ou vice-versa. Por exemplo: tomar suspensão na escola. Você sente o doce de ficar em casa, mas também o amargo de tomar uma surra.

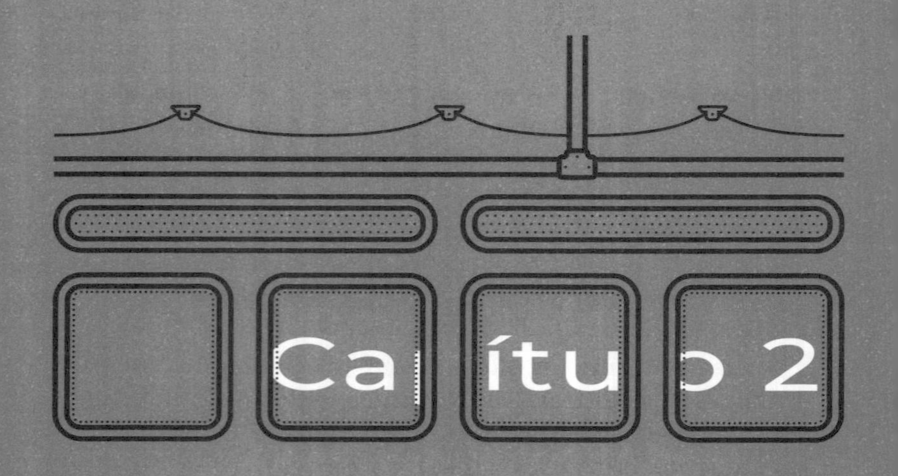

FOI NUM BAILE BLACK

Existe um ditado africano que diz "se quer saber o final, preste atenção ao começo."

Eu, que descrevo essa história, sou Euzébia da Silva. Conhecida pelos mais íntimos como "Dona Zica", sou faxineira formada pela vida e pelo pulso firme. Sou dona de mim e do meu próprio mundo. Nunca vou me calar. O apelido de "Dona Zica" não é à toa. Sempre quando eu passo os mais fraquinhos já anunciam: "Vixe, Maria! Essa daí é braba, essa daí é zica de se lidar." Do samba rock e do funk é que pulsam minhas veias, é dessa raiz que eu vivo. Sou filha de mãe solteira e foi com as ruas de concreto que aprendi a sobreviver. Durante toda a minha infância fui da malandragem. Capitã da Areia[16] das boas. Me considero uma pessoa **preta-nem-tão-preta**, e vivi a vida toda com os cabelos crespos longos e muito bem cuidados. Dos pequenos furtos na rua aos aprendizados com os ciganos, encontrei no baile black a minha paixão.

A história de João, não seria nada sem a nossa. A nossa história, talvez tivesse acabado se não chegas-

16 - **Capitã da areia:** o termo é originalmente referente aos Capitães da Areia, livro de Jorge Amado. Capitão da Areia é também conhecido como o trombadinha do centro, o pequeno, ou pequena malandra da quebrada.

sem os nossos filhos. Eu sou, porque nós somos. Hoje, escrevo este livro consciente das tragédias do passado. Educamos nossas crianças sem a propriedade de nossas vidas. Por isso faço questão de recontar a história. Isso não se repetirá.

Angenor, o pai de João, chegou na cidade de Diadema com um ano e quatro meses. Sete meses depois da chegada de meu sogro, Seu José. Em um episódio trágico, meus sogros vieram para Diadema expulsos de Juazeiro do Norte (história essa que merece um livro à parte). Para eles, Diadema era o recomeço.

Angenor, meu nego véio, teve origem nos becos e vielas mais perigosos que o Brasil abrigou na década de setenta. Morávamos no Vila Nogueira e "desova" era o apelido da nossa cidade. Por sorte, o bairro que a gente morava não era o pior dos piores da região. Grupos conhecidos como "Esquadrão da Morte" comandavam a cidade na década de setenta. Nos anos oitenta, proliferaram-se dezenas de grupos de justiceiros e, com o passar dos anos, a cidade ganhou as manchetes pela alta violência oficial, como no caso do policial Rambo[17], na Favela Naval.

A cada esquina que conheceu, Angenor viu os crimes em suas várias versões. Mesmo que em um caminho desequilibrado, Angenor se fez um jovem politizado e muito inteligente. Utilizava do discurso ao seu favor e era capaz de vencer qualquer debate. Magrelo e alto, a cor da pele do meu marido sempre foi um **preto-nem-tão-preto**.

Não demorou e Angenor se envolveu com a malandragem. Por termos a mesma idade, quando completamos 15 anos era o final da década de oitenta. E foi nesse período que Angenor me conheceu. Primeiro se tornou melhor amigo de Davi, e consequentemente começou a frequentar os bailes black. Os bailes que mudaram nossas vidas.

---

17 - Policial Rambo: é um ex-policial brasileiro da Polícia Militar do Estado de São Paulo, condenado pela morte do mecânico Mário José Josino em 7 de março de 1997 e por outras duas tentativas de assassinato na 26 Favela Naval, em Diadema.

Davi, meu falecido irmão, era mais velho que Angenor e o mais temido da favela. No ano que conheceu meu marido, Davi tinha 18 anos. Sempre foi conhecido como "o dono da biqueira[18] da Dona Marta". Davi não frequentou a escola, mas carregava a sabedoria das ruas. Devido às nossas misturas familiares a pele dele era um marrom-nem-tão-marrom e ele tinha o cabelo crespo armado. Parecia um índio completamente mestiço. Com um corpo atlético, ele atraía muito a atenção da mulherada. Para Davi, ninguém podia mexer conosco, as irmãs dele. Era tão ciumento que já falou várias vezes que "remédio para namorado é bala".

Só que no baile tudo era diferente. Os bailes black foram decisivos para elevar a autoestima da juventude negra nas décadas de 1970 e 1980. Em um momento onde os norte-americanos e os africanos estavam levantando a bandeira do "negro é lindo", no Brasil, a gente acabava de sair da ditadura. O soul e o funk foram grandes responsáveis por mudanças drásticas no que a gente chamava de vida. Primeiramente porque com as festas a gente teve a oportunidade de sair de Diadema, já que elas aconteciam no centro de São Paulo. E, em segundo, porque foi lá que vimos o que o pessoal chamava de "revolução dançante."

No baile, foi onde nós vimos as primeiras pessoas com o cabelo crespo em suas várias versões. Foi lá onde sentimos a energia boa no ar, que valorizava e exaltava a nossa raiz, a beleza preta. Nos bailes black, aprendemos com o suor pingando do corpo o que era groove[19], swing[20] e a dança. Nos sentimos felizes por encontrar pessoas com traços iguais aos nossos, sorrindo e se sentindo maravilhosas. Foi no baile onde descobrimos que o amor era a cura para os problemas. Pelo menos os nossos.

Lembro-me como se fosse ontem. A adrenalina intensificou o momento e deixou tudo tão marcante. No baile começou a sessão das lentas, tocava "*Tonight Is The Night*"

18 - **Biqueira:** ponto de tráfico de drogas, boca de fumo.

19 - **Groove:** é um termo oriundo da língua inglesa que, no meio musical, significa "ritmo".

20 - **Swing:** balanço, remelexo.

de Betty Wright. Ele foi completamente maluco com a atitude, pois sabia que mexer comigo era pedir para morrer. Mesmo assim continuou, veio na minha direção me chamando para dançar. Angenor, que tinha acabado de entrar para a malandragem, fazia alguns bicos na boca do meu irmão. Eu não conhecia ele direito, mas me lembrava daquele pretinho andando pela minha casa. Sempre achei Angenor lindo. Acho que ele sabia disso, pois um bom malandro sempre sabe jogar. A atitude corajosa dele me deixou maluca, então aceitei a dança.

Chegou pertinho de mim, me segurou pela cintura e apertou firme minha mão, mostrou-me o compasso da batida. Com o groove pulsando, a sintonia de nossos corações acompanhavam o sorriso. Dois pra lá, dois pra cá. Um pra frente, um pra trás. Ele foi chegando mais perto, e mais perto, e como bom malandro que é, no momento mais lento da música, se aproximou tanto que nossos lábios já eram um só. Nossos corpos suados na boate lotada se encontraram e se uniram por uma vida toda. Foi num baile black que eu encontrei meu grande amor.

FELICIDADE DE POBRE DURA POUCO

Por mais gostoso que fosse, era óbvio que nosso romance não ia se sustentar.

Angenor e eu mantivemos nosso relacionamento secreto por poucos meses, até o dia que ele teve a genial ideia de me pedir em noivado. Um detalhe pequeno: ele fez isso dentro da biqueira do meu irmão. Imagina.

Davi, meu perigoso e ciumento irmão, só não matou Angenor por conta da intervenção de Dona Marta, minha sagrada mãezinha. Entretanto, jurando meu marido de morte, ele nos obrigou a sair de casa e arrumar um novo lugar para morar. Assim, expulsos, eu e meu marido tivemos que nos casar. Éramos duas crianças naquela altura.

Sem demora conseguimos uma casa de favor na Favela da Torre, ainda na cidade de Diadema. E para completar a loucura, em menos de duas semanas na nova casa, recebi a notícia: eu estava buchuda[21]. Angenor, rapidamente encontrou trabalho como assistente de pedreiro. E eu fui para casa das madames trabalhar de faxineira. Agora com o bebê não tínhamos tempo para morar de favor. Precisávamos de um lugar nosso.

Nas conversas entre trabalhadores das periferias na década de 80, o que mais se falava era da militância, do "direito de morar". Faladeira do jeito que sempre fui, em poucos dias de trabalho me apresentaram o movimento dos sem teto. Conheci o movimento por conta de uma colega de trabalho e não demorei a participar das reuniões. Me encantei. Nessas misteriosas e sagradas reuniões, foi que escutei sobre os planos e estratégias para uma ocupação que estava prestes a começar.

Quarenta trabalhadores, incluindo eu e meu marido, se uniram e deram uma nova vida ao terreno infértil. Trabalhamos por intensas horas martelando e estruturando os barracos de madeirite. Separamos o imenso terreno em lotes e cada um ficou com sua parte. O que antes era um terreno sem vida se transformou na Viela Oliveira, na Viela Félix e, na nossa, a Viela Guimarães. Sem CEP, sem autorização e sem medo. Poderiam surgir até mais cem "senões" para nós, independente disso, a nossa resposta seria ocupar.

Até hoje eles insistem em nos dizer que nossa casa é irregular. Eu discordo. Irregular é o terreno que não abriga o amor. Irregular é o preconceito que perpetua miséria e desigualdade. Dentro de nossas casas aprendemos a amar e respeitar. Com o movimento, nós sentimos que ocupar é renovar a vida no que era só vazio. É dar sentido a essa história de propriedade. Eles têm que respeitar nossas vidas.

---

21 - Buchuda: grávida, embaraçada.

Ainda mais que a poesia pulse de nossas existências, eu não posso mentir e omitir a cena triste no começo dos tempos. Era triste até demais. Não tínhamos saneamento básico, não tínhamos encanamento. Fazíamos toda refeição no plástico descartável, para usar novamente depois. O banheiro era comunitário e ficava no final da rua que ainda se formava. Era uma latrina[22].

Tudo isso aconteceu nos nossos 16 anos, no ano de 1988. Quando eu e meu amor ainda sonhávamos que 89 seria melhor. Foi uma pena que nos enganamos totalmente. O ano de 1989 começou com uma tragédia.

No dia 5 de janeiro de 1989, eu trabalhava em um casarão rico nos Jardins de São Paulo. Por exigência das madames, eu e todas as faxineiras precisávamos tirar o grude de joelhos. O que eu não estava acostumada era o desequilíbrio do meu barrigão. O peso causou um estranhamento no meu corpo.

No terceiro degrau de baixo para cima, foi que meu pé perdeu o apoio e começou a desgraça. Eu tentei puxar o equilíbrio de volta, mas não rolou. O destino da minha classe é sofrer. Ajoelhada, fui caindo do degrau. A gravidade se intensificou com meu peso e projetou minha barriga para baixo. Foi o momento em que senti a pontada. Estridente[23], afiada e desoladora. Cortou em mim três corações.

Já no saguão do casarão, fiquei caída de pernas abertas. Respirei fundo para não desmaiar e comecei a tocar meu ventre. A cada toque minha energia vital se esvaía[24]. Escorrendo, eu senti pingar sangue, suor frio e desilusão. O choque não me deixou sentir dor, mas, por Deus, eu senti dentro de mim o recado. Gritei exorcizando meus demônios e implorei por ajuda aos anjos. Socorro!

As trabalhadoras ouviram minha súplica e não demoraram para me levar ao hospital.

22 - **Latrina:** um local público utilizado como banheiro, sem vaso sanitário, somente um buraco. Igualzinho o que o Shrek tem no pântano dele.

23 - **Estridente:** um som agudo e penetrante. Por exemplo: um carro de som no talo na quebrada.

24 - **Esvair:** uma ação relacionada ao que desaparece, evapora, desfalece.

No caminho, cantarolei tentando embalar o sonho dos pequenos. Senti os anjos fazendo isso também. Imaginei os olhinhos brilhantes e quis falar sobre o amor. Entendi. Daqui em diante farei isso olhando as estrelas. O meu desejo mundano quis envolver os pequenos no meu abraço, porém, no braço de meu Deus vocês estarão mais protegidos. Eram gêmeas as minhas crianças.

No dia seguinte, 6 de janeiro de 1989, seria a nossa primeira festa de aniversário em família. Era o aniversário de 17 anos de Angenor, o carinhoso pai. Em nome da vida, mantenho o respeito aos que se foram.

Felipe e Lilian são anjos em nossos corações. Que junto de ti, meu amor, que todos estejam em paz.

RECOMEÇO

Os tempos sombrios da minha vida foram os melhores. Nos primeiros anos de minha relação com Angenor, quanto mais preta a coisa ficava, mais estava boa. Só que depois do incidente, a minha vida começou a perder o brilho. Minha pele clareou pela falta de vitaminas e meus olhos só enxergavam o cinza das coisas. A um passo de encerrar minha existência, minha maior vontade era passar em branco. Contudo, a vida ganhou outro significado com o presente do divino. Depois de anos de tentativa, a dificuldade em ser mãe se rompeu.

Dia 6 de junho 1994 a nossa estrela cadente nasceu leve e certeira. Sandra Mara Pereira. Dia 2 de julho de 1995 chegou o nosso anjinho equilibrista. João Victor Pereira. As mudanças de ser mãe foram além do físico. Foram das coisas que me tocaram por dentro.

A cada choro, eu me sensibilizei com as lágrimas do mundo. A cada sorriso, minha alma abraçou a pureza de ser infante. A cada passo, meus filhos me mostraram que o mundo não é pequeno, nós que somos gigantes. Com o tempo e a experiência de ser mãe, minha vida se transformou. Meu jeito de lidar com as dificuldades, meus princípios e meus valores. Os meus objetivos que só miravam o fim, trocaram a rota atrás de um futuro brilhante.

Na jabuticaba dos olhos eu vi o sonho e a prosperidade. Com as crianças, entendi quem eu sou, foram elas que me entregaram quem eu quero ser. A cada dia temos a chance de ser melhor que ontem. O raiar do sol é como o sorriso de criança: é o milagre do recomeço.

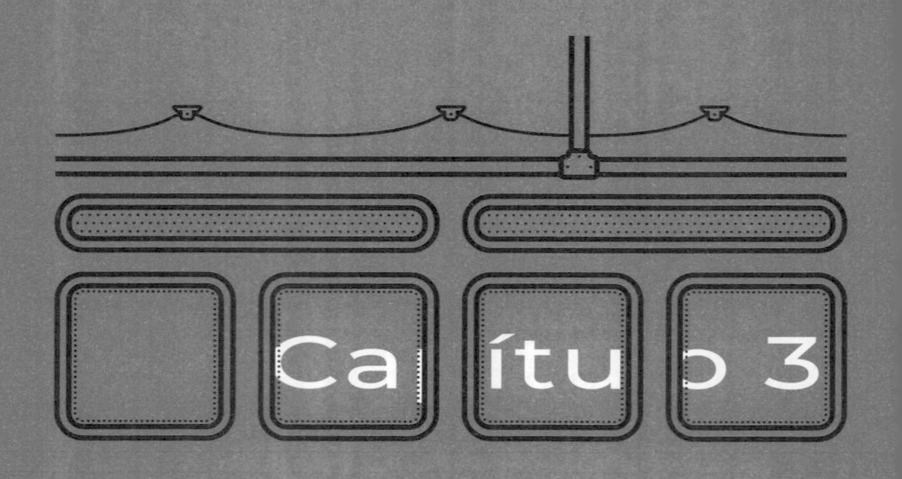

"Perder o pai é uma tragédia. Perdê-lo na infância é sentir saudade não do que viveu, mas do que poderia ter vivido."

O ÔNIBUS RESERVADO

Me lembrei da frase de minha amiga, Jacira, ao organizar tudo para o funeral. Após a reunião da família na sala de casa, o mundo precisava caminhar.

Na madrugada do dia 24 de julho de 2006, eu e meus filhos sequer fechamos as pálpebras. Às 09h00, sairia nosso ônibus sentido Cemitério Vale da Paz. Sem dormir, fui de porta em porta e avisei todos os vizinhos do ocorrido. Porém, não explicitei[25] o motivo da morte. Se de fato eles soubessem, era capaz de ninguém comparecer.

No mês de julho de 2006, Diadema enfrentou uma frente fria gigantesca, acarretando um aumento de 20% no quadro de pacientes dos hospitais. Os hospitais da cidade já não eram lá essas coisas, e com o aumento em vinte por cento, o caos foi decretado. Angenor chegou para ser atendido no meio dessa causaria. Embora estivesse com um quadro médico considerado de alto risco, ele não foi considerado um caso emergencial.

25 - **Explicitar:** tornar explícito, escuro, sem margem para ambiguidades.

Em um corredor sujo, com mau cheiro, equipamentos enferrujados e anciões desrespeitados, Angenor teve que aguardar por doze horas em uma maca corroída por ferrugens. Na primeira hora, as tosses se intensificaram. Na segunda hora, ele voltou a cuspir sangue. Na terceira hora, o desafio veio do pedido de ir ao banheiro.

Eu sozinha não conseguia tirar ele da maca. Sem funcionários no hospital, foi necessário recorrer aos parentes mais próximos. Quem não pôde esperar foi o corpo em desequilíbrio. Angenor, assim como tantos outros impossibilitados, teve que fazer ali mesmo. O mau cheiro se intensificou.

Eram 20h00. Pela precariedade do transporte público os familiares chegaram quando o relógio permitiu. Em 12 horas de espera, estávamos no hospital desde que o relógio apontava às 08h00.

Com a chegada da família, me retirei um pouco do corredor e fui fumar um cigarro. Entre tragos e ansiedades, terminei de fumar e comprei um hot-dog na porta do hospital. Mesmo faminta, sentia um amargo na boca a cada mordida. Terminei de comer, acendi o segundo cigarro e dei mais dois tragos. Meu coração apertou.

Não era meu costume, mas senti que precisava, joguei o cigarro no chão. Saí correndo. Cheguei no hospital angustiada e me virei. O olhar para o corredor, que parecia chegar até o infinito, deu três voltas no ambiente, mas não foi capaz de encontrar meu companheiro.

– Angenor? Angenor? Cadê o meu marido!?

Imediatamente um funcionário da segurança do hospital se aproximou e pediu que eu me acalmasse. Puxou-me até a sala de emergências. Ao chegar, vi os familiares do lado de fora.

– O que aconteceu?

– Tia, uns cinco minutos que você saiu e o tio começou a se debater na maca, e fez uma cara de dor muito forte. O que a gente fez foi gritar por socorro...

– Mas o que aconteceu com ele? Ele está bem?

Ao ouvir a gritaria do lado de fora, o médico se retirou da sala de emergências e foi até a sala de espera.

– Dona Zica? A senhora é a esposa do paciente? Nós podemos conversar?

Ao entrar na sala, diretamente o choque. O corpo preto-nem-tão-preto do meu marido estava completamente pálido. Não pude ouvir uma mínima palavra dos médicos. Disparei em direção ao corpo. Fui tocando o peito de meu amor desesperadamente, mas não senti morada[26]. Ainda mais desesperada, meus pequenos dedos subiram até a face de meu grande amor. Passei pelo queixo, pela maçã do rosto e finalmente toquei os olhos de meu Genô. A sala ficou em silêncio. Os aparelhos pararam de funcionar. Os olhos fechados, mesmo com o toque, sentenciaram o fim de uma trajetória.

Olhei os aparelhos em volta.
Observei as agulhas no corpo.
Procurei no teto motivos para acreditar.
Não encontrei nenhum.

Em prantos, me ajoelhei no chão e apoiei a cabeça no peito do meu grande amor. A frase arrancou o bem pela raiz e ecoou.

---

26 - Morada: casa, ou um lugar em que se habita, uma moradia.

"Ele não vai voltar."

Minutos depois, carregando o maior fardo da profissão, o médico apareceu novamente.

– Senhora, com licença, preciso falar contigo por um instante.

Me retirei da sala dando um beijo na testa de Angenor. O médico me levou para a sala de espera.

– Senhora, eu realmente lamento muito por sua perda, mas precisamos tratar de certas formalidades agora.

– Prossiga, doutor...

– Como havia sido diagnosticado com sintomas de pneumonia, e nosso número de pacientes em tratamento da doença é bem grande, pedimos que Angenor aguardasse. Infelizmente, seu marido foi levado à sala de emergência depois de complicações originadas de um infarto.

– Sim, doutor...

– Porém eu temo que isso não tenha sido a real causa da morte. Eu temo que a causa da morte seja na verdade por conta de um vírus. O vírus da gripe suína.

– Mas como assim, doutor? O tal do vírus H1N1? Esse que estão todos falando na TV?

– Sim, senhora. Enquanto estávamos tentando reanimar o paciente ele apresentou alguns comportamentos que nos trouxeram suspeita do vírus. Ele estava tossindo pedaços do próprio pulmão, um quadro grave. Nós retiramos algumas amostras que

estão sendo analisadas agora. Por via das dúvidas, precisamos te informar e solicitar autorização para efetuar alguns testes, para saber se de fato foi, ou não.

– Mas doutor, na TV estão dizendo que esse vírus pode matar todos nós, que é contagioso, que já matou mais de cinco mil pessoas mundo afora.

– E é exatamente por isso que a senhora deve esperar, não deve contar para ninguém. É um caso raro, essa notícia pode provocar coisas que não podemos nem imaginar.

Mesmo depois de tanta desgraça, precisei me manter de pé. Às 08h30 da manhã, lá estava eu ligando para a prefeitura e reservando um ônibus para irmos ao cemitério.

Meus pensamentos não paravam de fervilhar.

"E se não encontrarem vacina para essa doença?"
"E se todos nós estamos infectados?"
"E se eu estou levando essa cambada de gente pra morrer?"

Perguntas que tiveram que se encolher dentro do meu coração de mãe. O meu medo de dizer essas coisas e espantar todo mundo do velório foi estrategicamente contido. Imagina se eu conto isso e por causa de um vírus meus filhos são isolados? Tratados como lixo? Eu não poderia deixar eles sofrerem. Me calei e segui organizando tudo.

Quando o sol entrou em combate com o céu cinza da cidade foi que percebemos que era a hora. A fila para o ônibus ficou na terceira rua de pedra, depois das vielas de barro. Na fila, João observava todos à sua volta, observava os olhares pesados que eram direcionados para ele, observava os dedos suaves de sua irmã que tremiam, e sem ainda conseguir derrubar uma lágrima, abraçou ela. O abraço, carinhoso e sutil, deu a visão do que estava à frente da irmã. Mercedes Benz, modelo 0-364 CMTC, adesivado com os logos da prefeitura de Diadema e a placa contingente que confirmava o pesadelo: "Ônibus Reservado".

Ao ver a placa, João não aguentou mais segurar. Quando terminou de ler o enunciado, foi que sentiu todos os momentos com o pai passarem por sua lembrança feito trovão. As cantigas de ninar, os jogos de futebol, os passeios de ônibus e as viagens pelos livros. Em um raio, a tristeza destroçou a casa da imaginação e deixou uma cicatriz queimada no solo da alma. Isso não era um sonho. Pela segunda vez em um curto espaço de tempo, o tão sonhado ônibus reservado trocou de rota. Foi diretamente para o pesadelo.

Sem dinheiro, sem estrutura, e agora sem pai. O que está reservado para o futuro desse moleque?

NUNCA ANUNCIE UM ATAQUE DO P.C.C.*

08 DE AGOSTO DE 2006. Tempo sofrido para quem mora da ponte pra cá. E escola, então? Vixe, nem se fala!

E eu estava lá. 5ª série do ensino fundamental, na décima sétima semana das monótonas aulas.

As aulas rolavam, e eu estava trocando ideia com um irmão[27] — irmão esse que não tinha nada. Nada além de um padrasto firmeza, a mãe presente e um videogame. E eu achava que ele era o maior playboy. Vai vendo.

Nós estávamos conversando sobre a violência da vida, da morte do meu pai e de como as coisas estavam ficando difíceis. Cada dia um novo preso, um novo morto. O papo foi parar na reflexão "qual caminho a gente vai escolher na hora da saída?"

— Vamos pelo Morrão ou pelo caminho do Klinger?

---

27 - Irmão: no ano de 2006 a moda nas quebradas era chamar os amigos de irmão, porque "irmão" era membro do PCC (Primeiro Comando Da Capital), mas ninguém era envolvido com nada. Coisa de moleque bobo.

— Ah, mano, depende muito das viaturas no caminho. Cê sabe que a gente sempre volta pra casa zoando, temos que torcer pra não ser zoado.

No meio das ideias vimos o Tom passar pelo corredor. O Tom era um moleque que andava gingando bem para caramba. Dava até medo. Na verdade, não era medo, era que a gente pagava mó rajada[28] para ele e queria saber andar igual. Mas nunca falaríamos isso. E não falamos. Com o Tom era sem ideia, diferente da gente, ele era bandido de verdade, sem fazer cena. Já tinha até tomado meu boné naquele mesmo corredor. Me tirou o boné e ainda me zoou falando que eu estava de chapéu. A sorte que eu dei foi que os irmãos que me conheciam da quebrada tiveram visão e foram pedir para ele me devolver o boné. Na sinceridade, mesmo? Eu nunca estava de chapéu[29]. Enfim, deixa essas ideias para lá, já que o Tom saiu do nosso campo de visão e entrou na outra sala.

Quando ele entrou, deu até para ouvir o barulhão que aquela porta oca de ferro fez. "Buuuuummmmm".

Ideia vai, ideia vem, e o tempo não passava naquela prisão. Eu e o Douglinhas estávamos entediados. Três e vinte e oito. Dois minutos para o sinal bater. Ficamos nós dois quietos, e como sofro de hiperatividade aguda, só a minha perna que não. Nove e trinta. Finalmente o sinal tocou. Sirene de cadeia. Correria. Escada. Pátio. Fila. Pão. Mordida. Sorrisos. Só depois do sorriso foi que a nossa adrenalina baixou. Vencemos a fila dos esfomeados da escola e estávamos sorrindo em nosso sagrado canto do pátio. Eis que, do nada, cresce uma multidão gritando em coro.

"Treta! Treta!"

---

28 - Pagar mó rajada: ficar admirado, gostar bastante.

29 - Estar de chapéu: estar moscando, estar bobeando.

RESERVADO

Sem entender muito o que estava acontecendo, fomos movidos por instinto, e poucos instantes depois nós estávamos no meio do pátio. Era o nosso papo sobre violência se materializando. Foi exatamente ao bater o olho na multidão que a gente entendeu o motivo do Tom bater a porta tão forte. Ele devia já estar bravo, e era na hora do intervalo que iria cobrar sua braveza. Era ele contra o Diego. Logo os dois moleques mais cabulosos da escola. Vixe.

Depois da vigésima briga que a gente vê na vida, sei lá, trabalhar em prol dos nossos próprios objetivos parece uma coisa muito mais legal do que ficar de zé povinho[30]. Sempre é assim, "briga-briga-briga", parece que nada muda. Hoje eu sou assim, mas naquele dia eu não era. Aquela era talvez a quinta briga que eu via na vida. Então, a emoção pulsava nos meus olhos. Ainda mais junto daquela pá de zé povinho, aí sim eu fiquei empolgado demais. Me debati, pulei, e fiquei batendo no Douglinhas, o tal irmão.

Eu estava vendo um dos maiores espetáculos da vida escolar. Um marco histórico. Era simplesmente daora[31].

Enquanto a treta rolava, lembrei de um dos pontos cruciais do nosso papo sobre violência. A gente convivia com a violência do tráfico. A gente convivia com a violência policial. A gente convivia com a violência do Estado. Eram várias violências. E, independente do lado, era sempre a gente que apanhava. Eu, um moleque preto-nem-tão-preto, e o meu irmão, Douglinhas, preto-nem-tão-preto só que ruivo de sardinhas. Unidos pelo cabelo crespo, e a merda do medo da violência.

No momento que a briga rolava, um turbilhão de emoções germinou[32] de dentro de mim. Não dava para controlar aquela sensação. Naquele momento, bateu uma loucura e eu senti que a nossa pequena existência precisava de uma quebra! A gente tinha que quebrar essa porra de só apanhar sempre.

---

30 - **Zé Povinho:** uma pessoa de espírito pequeno, que só gosta de fofoca e intriga, que adora falar da vida dos outros.

31 - **Daora:** alguma coisa legal, uma coisa boa.

32 - **Germinou:** começou a se desenvolver, a brotar, a desabrochar.

Recebi essa mensagem vinda do meu peito, e meu corpo sentiu também. Eu tinha que revidar! Foi muita porrada que a vida me deu. Então quando eu me vi no meio da muvuca me perguntei. "Atacar com o quê? Atacar quem?" e daí a minha criatividade respondeu: "isso não precisa de resposta." Me lembrei das histórias americanas dos filmes, que me ensinaram que você não precisa de muitos motivos para ser um idiota. A não ser, crer que todos são idiotas, menos você. E foi assim, feito um idiota com primor e excelência, que eu encontrei uma arma para o ataque.

Na procura de alguma arma para o ataque, olhei para baixo. E exatamente abaixo dos meus pés, tinha um **p.ão c.om c.arne*** pisoteado. Não pensei duas vezes. Aquela seria a minha arma para a vingança.

Olhei para os lados procurando qualquer sinal que me parasse, mas eles não vieram. Só o Douglinhas que viu. Sorrateiramente me debrucei e parafraseando Spike Lee[33] disse "faça a coisa errada". Peguei o pão sujo e melequento com a mão direita, me levantei, abri espaço para o lançamento com a mão esquerda, reclinei meu corpo para trás e... projetando todo o meu futuro para o incrível mundo da diretoria, o meu diafragma acompanhou com o grito:

"ATAQUE DO Pê Cê CêêêêêêÊÊÊ"

A minha mão direita havia acabado de catapultar um pão com carne moída em direção a uma multidão. Só imagina o tamanho da merda. Durante o voo daquele pão catapultado deu para ver em torno de 457 mortes diferentes, tais como:

— A morte do sonho de formatura ✓

— O desaparecimento da casa própria ✓

— A recusa de vistos em todos os países cancelando viagens pelo mundo ✓

33 - **Spike Lee:** Shelton Jackson Lee, mais conhecido como Spike Lee, é um cineasta, escritor, produtor e ator estado-unidense. Entre seus filmes se destacam "Malcolm X" e "Faça a coisa certa".

E, principalmente, a minha morte. Essa não precisou nem de um ✓, não ia dar nem tempo.

O voo foi bem curto. Cerca de 12 metros. O impacto que foi bem amplo. Cerca de 9 respingos de molho. O pão, que no meio de toda essa baderna emocional-instintiva-idiota, havia perdido todas as esperanças de se encontrar com o seu velho amigo, o sistema digestivo, viajou em um dos voos com maior turbulência — e sem escalas — de sua vida toda. E com todo seu brilhantismo de vida, e a experiência de ter sido um pão-rockstar (que acabou na sarjeta pisoteado por adolescentes) ele brilhou novamente. No meio de uma multidão de cerca de 327 pessoas, o pão resolveu dar literalmente de cara com a chefe do sistema carcerário. Quer dizer, educacional.

O impacto amplo foi capaz de respingar feito um tiro de escopeta no rosto da inspetora que separava a briga naquele exato momento. O impacto só não foi capaz de acabar antes do eco grito "...pê cê cêêEEEE".

"PLÁ"

Estava rolando a maior gritaria, mas o barulho do pão pegando na cara da tia foi tão potente quanto o som dos carros que passam com funk na quebrada. Todo mundo ouviu. Depois do barulho, o final foi previsível. Aí sim o ✓ da minha morte chegaria a tempo. Uma enxurrada de risos seguidos de uma metralhadora de olhares. E todos os olhares endereçados para um só idiota. Eu mesmo, o terrorista mais idiota já existente, João Victor.

Não precisou de nenhum dedo duro para a tia me encontrar. O corredor polonês[34] de olhos na minha direção decretou meu fim. A inspetora veio babando em minha direção e por leves sete segundos eu senti a pureza de ser um idiota com excelência.

Segui meu coração naquele dia, senti uma sensação única. Realmente o momento de quebra na minha vida ia chegar, o momento de quebra tão sonhado! Sim, era só esperar minha mãe chegar em casa, que ela ia me quebrar todinho. Verdadeiramente, cada passo que eu dava apertado pela inspetora em direção à diretoria me trazia um epitáfio[35] diferente. E o melhor deles foi: "Nunca anuncie um ataque do P.C.C."

JOÃO VICTOR

Quem é que conta essa história? Com palavras únicas acostume-se, caro leitor, só quando João quer é ele que conta a própria história. Está tudo escrito. São das palavras dele a verdade que ninguém poderá silenciar.

Analisando as páginas do caderninho eu procuro compreender esse moleque. Um menino miúdo de si e plural de mundos. Adora ler, e todo santo dia escreve em seu diário. De minhas teorias para esse acontecimento astronômico, chuto que a existência de João Victor nasceu por conta do limite. O limite entre o bem o mal. O limite entre o rico e o pobre. O limite entre preto e o branco. Por ser limite entre pontos, dependendo do dia João podia ser ponte ou podia ser divisa.

Ele teve a dádiva de ser da última geração que nasceu antes da internet. Dentro de casa, devora livros e mais livros por indicação do próprio pai. Não tem muitos amigos. São notáveis os momentos solitários que fizeram de João uma criança reservada. Das diversas maneiras de se expurgar um demônio, João conhece nenhuma delas.

Descendente de nordestinos, a pele do pequeno é nem-tão-preta-nem-tão-branca, ele é um garoto pobre e favelado. Uma mistura caótica e perfeita. Às vezes, João olha para os próprios braços e tenta enxergar alguma coisa. Lembra dos insultos: "cabelo de bombril", "nariz de batata",

34 - **Corredor polonês:** uma forma de castigo físico em que uma pessoa tem que passar correndo entre duas fileiras de pessoas que ficam batendo nela o máximo possível.

35 - **Epitáfio:** vem do grego "epitáfios" e significa "sobre o túmulo", o termo se refere às frases escritas nas lápides depois que as pessoas falecem.

"branco sujo", "preto apagado". Volta a olhar para os braços. João se sente sem cor.

Das sobras também se faz banquete. A imagem do coração de João é um fim de feira em dia de domingo. Com muito trabalho e muito desperdício, João se encontra em tudo que já foi pisoteado. A humildade do pequeno é notável. Para João a vida é uma corrida rumo ao esquecimento. Ele só planeja fazer isso com estilo.

No mesmo tom de seus cabelos crespos, a inventividade[36] é completamente enrolada. Os olhos, tão negros e brilhantes, parecem duas jabuticabas cuidadosamente polidas. Com sua inteligência e familiaridade com as palavras, João é considerado pelas ruas o futuro. Na verdade, com tanta saudade de ser pequenino, o sonho dele é ser passado.

Desde o jardim de infância João encontra na bobagem uma força sobrenatural. Com os amigos na rua é um dos mestres da criação. Faz propostas com ideias mirabolantes, faz de produtos antigos os melhores brinquedos e, para todos os amigos, faz a ciência deixar de ser um mistério para se tornar palpável. A criança, sempre inspirada no Mundo de Beakman[37], tenta ser uma versão cheia de imaginação do cientista – e sem nenhuma verba – se ele morasse em uma favela. Em suas viagens interespaciais, com a nave que ficava estacionada na garagem invisível do nosso barraco, João Victor cria jogos que nenhum videogame seria capaz de rodar.

O Baldecete de Realidade Aumentada, onde todo mundo usa o balde da mãe como capacete, e é só colocar na cabeça para o desafio começar. A brincadeira consiste em ficar com a visão tampada e imaginar inimigos alienígenas. O grito é a principal ferramenta, que descreve em um bom tom o que todos vão enfrentar. Dada a posição do monstro pelo criador, todos os ceguetas vão correndo – cheios de ar-

36 - **Inventividade:** poder de criação, a imaginação criativa.

37 - **O Mundo de Beakman:** foi o programa de televisão infantil mais nerd dos anos 1990 onde a atração principal eram os experimentos e conhecimentos científicos.

mas imaginárias – e só voltam para o mundo real quando o monstro já estivesse derrotado.

A Bolinha de Gude na Densidade Gravitacional Marciana, onde ao invés de bolinhas de gude, são arremessadas esferas de aço – dessas roubadas em pneus de caminhão. Tirando o peso das esferas que simulava a gravidade marciana, o jogo era exatamente o mesmo do convencional. João inventou o nome só porque em Marte roubar pneu não era crime.

O Trampolim Etéreo das Arraias Mortíferas, que na verdade só é um nome espetacular e muito atrativo para a boa e velha brincadeira de "o chão virou lava, não podemos pisar"

E o gran finale, que nasceu das vontades mais humanas de João, a brincadeira do "Que casa é essa?". Consistindo em empatia, a brincadeira se faz de olhos fechados tocando o portão das casas. Com atenção aos detalhes, quando o jogador souber qual é a casa, fala em voz alta. Se acertar, ganha dois pontos. Se errar, perde um e tenta de novo. O jogo foi criado em respeito e solidariedade com o novo vizinho, Jefferson, que é cego, e independente da dificuldade tem vontade de brincar.

Mesmo que fosse muito criativo, João não é tão comunicativo assim. Ele criou as histórias e depois pediu para que outras pessoas contassem por ele. Ele tem medo de não ser aceito, tem medo de ser julgado. Até a criatividade dele fez com que ficasse cada vez mais reservado. Infelizmente, o passar dos anos só trouxe para o menino diversificadas dores.

Admirando os tatus que moram nos bancos do ônibus foi que João aprendeu onde focar a própria atenção. Enquanto viajava, roubaram a carteira do menino. Foi ali que ele entendeu. A cidade não pede atenção às miudezas. Cidade não quer saber de meninice. Cidade quer atenção aos roubos, cidade quer atenção aos mortos. A cidade quer atenção para tudo que vá te roubar. Aos poucos, a realidade dele foi se transformando, e histórias como o "ataque do P.C.C" só começaram a aumentar.

PARADO NO BAILÃO

14 DE AGOSTO DE 2006. O resto do ano vai ser difícil. Porém, se eu estivesse sozinho tudo seria pior.

Assim que voltaram as aulas o meu maior desafio é simplesmente ser uma criança normal. Três semanas atrás eu estava em uma sala de velório beijando a testa do meu maior herói. O que mais me dói é ouvir os colegas conversarem sobre os seus pais.

Toda vez que eu escuto o barulho de tosse dentro da sala encontro com as piores lembranças. Os dias em que o meu pai tossia sangue. Toda vez que eu escuto uma cadeira se arrastar, explode a imagem do meu coroa se arrastando em casa, e caindo sem força. A cada minuto que passo dentro dessa prisão que os adultos chamam de escola, mais me lembro das humilhantes doze horas que mataram meu pai. Eles me contaram que foi pneumonia, mas eu duvido. Todas as coisas que descobri sobre a história do meu pai foi somente zé povinhando[38]. Dia desses, eu estava bisbilhotando perto da construção do vizinho e ouvi.

– Que fatalidade, não é mesmo? Um menino tão novo se foi deixando duas crianças.

– É, é uma pena. Aquele era um mulato dos bons. Uma pena.

Pela primeira vez na vida ouvi alguma definição para o meu pai. "Um mulato dos bons". Mesmo sem entender, me apeguei naquilo. Dos raros momentos que eu tinha com ele, a maioria era viajando. Seja de ônibus ou seja com um livro.

---

38 - Zé povinhando: ouvindo a conversa dos outros, sendo intrometido.

Antes de partir meu coroa deixou um hábito comigo: cinco páginas de leitura antes de ir dormir.

Depois que a escola toda soube do acontecido, foi difícil disfarçar. Eu já não sou mais o mesmo, e de pouco a pouco a minha atitude está mudando. O meu coroa era um grande fã de RAP, e eu não consigo nem ouvir mais um Racionais MC's sem me lembrar dele. Só tem uma parada que ainda me salva do mundo de tristeza: o funk. Aqui na quebrada não para de tocar nos falantes e nos MP3 da rapaziada. Felipe Boladão, MC Zói de Gato, MC Lon, MC Menorzinha, MC Duda do Marapé, MC Pôneis são os meus preferidos. Sempre que eu preciso de um abrigo, eu corro para o funk que é onde eu encontro salvação. Mesmo curtindo muito, nunca tinha colado em um baile de favela[39]. E é exatamente por conta disso que eu vim até hoje escrever. Parado no bailão foi que tudo aconteceu.

Eu encostei no baile aqui na Favela da Torre, fiquei no meu canto com meus parceiros ouvindo um som. Uns bebendo um uísque com energético, outros estavam misturando bebidas coloridas e chapando o globo[40]. Eu nunca fui de beber e fiquei na minha, firmão. Só que no baile sempre tem um atrasa lado pra arrastar. E sem demora chegou o playboy chatão cheio de dente[41].

– Eae, João, que fita é essa? É verdade que o seu pai morreu?

– [. . .] – sem resposta, o silêncio respondeu tudo por mim.

– Ah, mas tá suave, brother. Sou só eu, minha mãe e meu padrasto. Minha mãe me disse que é isso que resta para os pretos. Num é?

No baile eu só queria ouvir um som e ficar de quebradinha. Eu já estava esgotado com esse assunto. Nesse momento só posso agradecer a Deus que a amizade existe.

39 - **Baile de favela:** baile funk que acontece na rua, a céu aberto, com o som dos carros.

40 - **Chapar o globo:** ficar muito louco de sei lá o que, ficar doidão.

41 - **Cheio de dente:** uma definição para a pessoa que se abre para os outros sem motivo.

– Brother? Tá de chapéu, boyzão? Presta atenção, seu otário. O pai dele não era preto, o pai dele era mulato!

A voz que cortou a inconveniência do boy foi a voz de Douglinhas, o meu melhor amigo. Se pá eu só falei dele uma vez aqui nesse caderninho, mas vale a pena ressaltar. O Douglinhas é um aliado de verdade. Ele mora na mesma favela que eu, mas só conheci ele assim que cheguei no ensino fundamental. Desde o primeiro dia de aula nós viramos melhores amigos. Douglinhas é que nem eu. Preto-nem-tão-preto. Desde a morte do meu coroa, ele me ensinou que devemos proteger um ao outro. Depois que ele atravessou as ideias, o moleque veio folgar.

– E tem diferença, mongão? O que que é mulato?

– Mongão? Qual que é a fita? – avançando na direção do playboy Douglinhas ficou tão bravo que já ia cobrar as ideia no soco. Só que, de longe, veio o grito.

– Para, para, para!

Quem se aproximou da gente foi uma mina desconhecida.

– O que tá acontecendo aqui?

Eu expliquei para ela o que aconteceu, que o moleque tava sendo chato perguntando do meu pai e que chamou ele de preto. A mina, mais velha que nóiz, foi atenciosa e me disse o seguinte.

– Tá suave. Fica em paz, rapa. Deixa que eu resolvo essa fita[42]. Aê, menor. Qual é o seu nome?

– Sou o Rodrigo, tia.

– Tia? Não arrasta, parça! Eu sei de onde você é. De onde nóiz vem tem que dobrar o respeito pra chegar na favela, entendeu? Cê é louco de falar do pai do moleque? Respeita a dor dos outros. E outra fita, cê tá moscando se você acha que chamar alguém de preto é ofensa. Preto é qualidade, seu boroca[43].

– Como assim, moça? – perguntou o Douglinhas.

– Moça, não. Meu nome é Bárbara. E antes que eu me esqueça, Rodrigo, sua mãe tá errada. Não é só a morte que resta para os pretos não, tá? E, João, seu pai era preto sim, não era mulato.

Na hora que ela falou aquilo eu me assustei e respondi meio atravessado.

– Ixi, sai fora, louca! Cê tava ouvindo nossa conversa toda?

– Eu tava, sim. Cês começaram a tretar e eu vim ajudar. Qual é o problema?

– Nenhum, é só que...

Quando eu ainda estava terminando de falar a Bárbara me cortou.

– O menor me perguntou por que preto é qualidade. Eu posso explicar? Se não, vou sair fora.

A mina era brabíssima. Depois de pouco tempo de ideia a gente já estava até com medo. Balançando a cabeça respondemos que sim.

---

42 - **Fita:** situação, ocasião, cena.

43 - **Boroca:** bobão, mongo, otário.

– Vou tentar ser direta pra não roubar a brisa[44], mas é assim: durante muitos anos na história do nosso país tiveram dois povos que sofreram demais. Um deles foi os indígenas e o segundo o povo africano. Os indígenas estavam aqui antes de todo mundo, mas foram quase todos mortos. O povo africano veio para o Brasil sem querer vir para o Brasil. Eles vieram vendidos, forçados, escravizados. Só que, antes da escravidão, esses povos têm toda uma história e cultura. Sabiam?

– Sabia não, senhora

– É quente[45]. Isso aconteceu de verdade. E depois que eles chegaram aqui, aos poucos a história e cultura deles foi apagada, eles tentaram colocar isso de lado. E sabe o que mais? Durante vários anos no nosso estado de São Paulo, eles tentaram colocar mais pessoas brancas para "melhorar" as coisas, eles pensavam que ser preto era algo ruim. Que idiotice, não é?

– Sim... muito bobo, senhora.

– E sabe do pior? Às vezes quando alguém que era filho ou filha de preto, ou índio, misturado com branco eles iam lá e chamavam de mulato. Mulato, João, vem da palavra "mula".
E você sabe o que é uma mula João?

– Não sei, o que é?

– A mula é o cruzamento de égua com cavalo, que depois que nasce, não pode ter filhos. E com isso tem vários problemas. Primeiro que comparar um ser humano com uma mula é transformar ele em um "ser pior". Eu sei que uma mula não é pior que um ser humano, tá? Mas as pessoas que criaram isso pensavam outra coisa. Chamar alguém de mula, também é um jeito de dizer que a pessoa não presta nem para ter filho. É por

44 - **Roubar a brisa:** roubar um bem estar e deixar a pessoa nervosa.

45 - **É quente:** é verdade, é real, é isso mesmo.

isso que eu não acho muito legal você chamar seu pai de mulato, sei lá, pelo o que eu vi o seu pai era preto.
Preto não é nada ruim.

– Ah, sim. Entendi. – eu disse, ainda absorvendo a informação. Mas logo em seguida voltei.

– Eu acho que o meu pai não era tão preto assim. Olha aqui pra mim – e apontei para minha pele – se ele fosse preto eu também ia ser. E outra coisa: o que você é? Você é meio-preta-meio-branca?

– Sim, João, eu compreendo sua dúvida. No Brasil é muita treta[46] falar disso. Primeiro, o que eu tenho na minha pele se chama vitiligo, por isso essa mistura das cores. Só que eu não gosto de falar muito sobre isso, tá bem? Voltando pro assunto do seu pai, não é simples assim, João. A nossa mistura brasileira é muito diversa. Você é o resultado de várias partes que completam sua família, não só o seu pai, sabia? Não é tão simples assim. É possível ter a pele mais clara e ser preto. Isso é bem complexo. Mas esse é um papo cabeça, não é papo pra desenrolar no baile.

– Não, fala aê!

Antes mesmo da Bárbara poder completar o raciocínio começou uma pá de estouro na favela e um corre corre do carai. Era os GCM[47] soltando bomba de gás lacrimogênio no baile pra acabar com a nossa festa. Tivemos que sair vazado do baile e correr pra casa. Hoje, dois dias depois da correria, eu parei pra relembrar e escrever essa história.

A mistura da adrenalina com a curiosidade roubou a minha brisa antes do pinote. A cada passo, senti uma energia diferente pulsar dentro de mim. Não sei explicar o motivo certo. Talvez a mistura da inteligência com a braveza,

46 - **Treta:** difícil, problemático, complicado.
47 - **GCM:** Guarda Civil Municipal.

talvez foi o respeito junto da ideia firmeza. Eu não sei... Só sei que mesmo correndo das bombas eu estava encantado com aquela mina. Uma das coisas que eu senti com ela por perto foi uma sabedoria gigante. Quando ela me olhou nos olhos, eu senti as dores e as curas do mundo pulsando pela bolinha do olho. Só de ter falado aquelas palavras, ela operou uma cirurgia no meu coração. Me fez enfrentar meu maior pesadelo, me fez falar sobre meu pai.

O visual dela também ajudou muito. Meu Deus. Que menina incrível! A pele dela é meio-preta-meio-branca, e ela tem várias manchas em várias partes do corpo. O que ela chamou de vitiligo era realmente o equilíbrio entre as cores. Parece que ela carrega um mapa do mundo na pele. Uma obra de arte! Foi a coisa mais linda que eu já vi na vida. Ela é única.

Enquanto eu estava correndo indo embora, virei minha cabeça e só conseguia enxergar ela no meio da multidão. Me veio um calor no peito. Eu vi aquela rainha, que mesmo correndo das bombas, continuava linda. Imaginei o dia que eu ia encontrar ela de novo e ia terminar aquele papo. Se pá até ser amigo dela. E viajando já até imaginei de ficar com ela. Quem sabe só um selinho. Não sei explicar porque. Só sei que foi bom demais. Eu me senti vivo por poder imaginar.

Hoje, aqui sentado na cama escrevendo essa história, eu só consigo pensar nela e refletir sobre tudo o que aconteceu no baile. Olhei pro meu braço, toquei meus lábios, meu cabelo, e me pergunto:

"Será que o que ela falou tem sentido? Eu olho para o espelho e não consigo enxergar essas cores que o mundo vê. Nem-tão-preto-nem-tão-branco. Preto, branco? Mulato? Pardo? O que será que é tudo isso? O que eu enxergo não é nada disso. Qual será o lado que eu devo ficar?"

Capít

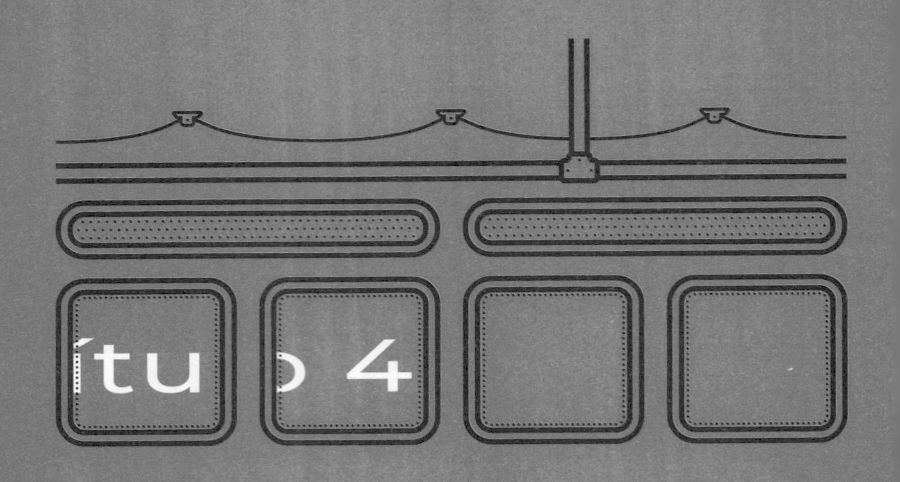

O DIA EM QUE MINHA BARRIGA ESCREVEU UM POEMA

20 DE SETEMBRO DE 2006. 3º andar. Casa do Rodrigo, família Campos. Não sei de onde veio. Não sei para onde foi. Somente existiu. E para minha desgraça, existiu perpetuando um negócio chamado discriminação[48].

Lembra da treta que deu quando um moleque perguntou se meu pai morreu? Que a Bárbara chegou e pá? Então, no final das contas esse moleque era sangue bom até. Com o passar do tempo ele virou meu amigo. O Douglinhas não gosta nenhum pouco dele, mas eu comecei a me aproximar do Rodrigo e ele me convidou para colar na casa dele. A intuição do Douglinhas nunca falha.

Assim que eu entrei na casa do moleque já comecei a confabular[49] os preconceitos. Eu estudo em uma escola que fica na cidade vizinha da minha, São Bernardo do Campo. Por isso, na minha escola tem umas pessoas que são mais ricas que eu. Só precisei dar um passo dentro da casa do Rodrigo que eu me lembrei dessa fita.

Uma família classe média padrão brasileira, que eu tive a infelicidade de conhecer quando estava na quinta

---

48 - **Discriminação:** um ato de separação, segregação, de pôr à parte. Uma atitude de pessoas de alma pequena.

49 - **Confabular:** trocar ideias num tom suspeito, misterioso ou secreto; combinar, maquinar, tramar.

50 - **Cartoon Network:** é um canal de desenhos norte-americano.

série do ensino fundamental. Acredito que vão se manter confortáveis durante muitos anos naquele canto. Mas deixando bem claro: que nenhum pobre esteja por aqueles cantos. E o pior, é que eu estava por ali.

O Rodrigo mesmo é um moleque daora. É branco, tem quase a mesma altura que eu, e o cabelo dele é liso (coisa que fez ele sempre se sair melhor com as minas que nóiz). O Rodrigo sempre andava com um relógio no pulso. Ele dizia que o pai dele tinha comprado na Disney.

Dezoito e quarenta e sete. O meu sorriso era o único da sala que exalava adrenalina. Eu estava descumprindo a ordem da mãe do Rodrigo.

E foi ali, em uma grande sala branca com detalhes em marrom (aquela gente estranha tinha até um nome para isso que eu chamo de "marrom", tipo uma madeira cara) que o Rodrigo me disse que estava com fome. Bem na hora que estávamos jogando os joguinhos do site da Cartoon Network[50]. Na hora que ele disse aquilo eu até brinquei, falei para ele que a fome nos deixa mais espertos.

A sala branca com detalhes em marrom, na verdade era a "sala da internet". Vai entender. Na minha casa eu nem tinha uma sala normal, e pra eles até o computador tinha um quarto. Vai entender essa gente. Mas eu não posso meter o louco[51] e dizer que era feia. Isso não seria verdade. Não consigo me esquecer, era tudo tão lindo! Até o computador brilhava de tão novo.

Poucos minutos depois do enunciado sobre a fome, a irmã do Rodrigo passou. Quando ela passou, roubou toda a minha atenção que estava voltada para o jogo do "Du, Dudu e Edu"[52]. O motivo foi justo, eu me virei porque vi o que ela tinha nas mãos. Batatas fritas quentinhas enroladas no papel toalha. Batatas essas, que brilharam no encontro de relance com os meus olhos. Deu para ver de longe, pela textura delas, que estavam bem crocantes.

---

51 - **Meter o louco (essa gíria tem várias definições e usos):** se fingir e fazer uma coisa absurda. Mentir, enganar. Falar algo desconexo.

52 - **Du, Dudu e Edu:** uma série de desenho animado sobre três amigos que têm personalidades diferentes, mas são loucos por balas de caramelo. Estão sempre tentando ganhar dinheiro para comprar seu doce.

A cada passo que a Raphaela dava, as batatinhas se chocavam, estralando aqueles pequeninos grãos de sal.

No que eu menos percebi, as batatas me despertaram de novo aquela maldita sensação. Virei o meu rosto em sinal de negação. Rapidamente voltei a minha atenção para o computador. E do nada o Rodrigo interferiu no trajeto da irmã. Saiu correndo atrás de Raphaela, largando tudo no computador e gritando pelas escadas.

– Peraí, Rapha! Me dá uma.

Eu me vi sozinho na sala da internet, olhei para os lados, toquei na cadeira de couro, e, finalmente, me senti mal. Aquele foi o momento que fiquei borrado. Pasmo. Em choque.

Ao ficar sozinho, me lembrei do exato momento em que a mãe do Rodrigo me chamou de canto. Quando só eu, ela e os deuses que assustam as criancinhas podiam enxergar. Ela chegou pertinho de mim, me deu um pequeno aperto no braço e disse:

– Olha aqui, eu sei que você e o Rodrigo são amigos, mas eu não. Você só está aqui de tanto que ele encheu o saco do pai para deixar. E eu? Não pense que eu sou boba! Eu sei muito bem onde você mora, e não quero que você fique andando soltinho com essa mãozinha leve por aqui. Você só pode subir no quarto do Rodrigo assim que eu chegar do trabalho e for buscar vocês. Exatamente às 19 horas. Entendeu? Vou deixar um lanche para vocês na sala da internet antes de sair para trabalhar, então nem tente sair de lá. Ouviu?

– Ouvi. Sim, senhora.

Lembrando daquela fala maléfica eu voltei para mim mesmo. Sozinho, só eu e o melhor computador que já tinha visto na vida. Todos os jogos do Cartoon, ali, para mim. Decidi não contrariar, minha mãe já tinha me ensinado. Então sem pensar muito, cliquei no jogo de snowboard, e sorri de uma maneira nova.

Por alguns momentos quase senti que tinha um computador só meu. Quase senti. Só quase senti, porquê em um estalo sonoro, minha barriga explodiu uma bolha de suco gástrico. De novo aquela sensação. A sensação de estar morrendo de fome. E, para completar a minha tragédia, cê acha que a 'tia' deixou o lanche na sala? Porra nenhuma.

Coincidentemente o Rodrigo me chamou naquela hora.

– Ô, João, sobe aqui na cozinha! A gente vai comer lanche com batata frita.

– Tá bem. Perai, Rô!

Eu parei. Olhei para os lados e refleti a situação. Quanto de incerteza cabe em uma pausa?

Porque naquele momento, o peso veio desde os seis anos de idade. Lembrei friamente do ensinamento da minha mãe: "filho meu não come na casa dos outros, isso é coisa de mal-educado, de mundiça[53]".

Refletindo, eu tive aproximadamente trinta segundos para travar a maior batalha da minha infância. Eu contra todos os "nãos" que ouvi na vida. Naquele exato momento, era eu contra todos os dias que eu me disse "sim", mesmo que por teimosia. Ali era eu contra eu. Somente eu.

Ignorando um antigo eu, daquela vez eu não fechei os olhos para ouvir meu coração. Não comecei nenhum papo filosófico sobre a educação. Não! Eu gritei um grande "fo-

---

53 - **Mundiça:** uma gíria nordestina para definir a população pobre, os carentes do básico.

da-se" para a família tradicional e para os bons costumes e sem me deixar pensar duas vezes, saí correndo. Corri!

Corri como um homem de encontro aos seus documentos de liberdade[54]. Eu fui Usain Bolt a cada degrau que subia. Na corrida eu vinguei Vanderlei Cordeiro[55] por aqueles passos que ele não pôde dar e, quando eu menos percebi, já estava no andar de cima. Mais um lugar daqueles na casa. Gigante e com detalhes em "marrom".

Dezoito e quarenta e sete no relógio.

Na mesa, tinha um lanche de queijo quente douradinho, e algumas batatas fritas. A iluminação ajudava, a temperatura do dia ajudava. Tudo ajudava. Olha, só de lembrar me dá água na boca.

Não consegui nem pensar direito. Esqueci de toda e qualquer cerimônia. Fui instintivo. Quando cheguei no andar de cima, não falei com ninguém, nem pensei em pedir licença. Só segui minhas sensações e a minha vontade. Não importava o que tinham me ensinado.

Fui lá, dei uma bela mordida no lanche, e para melhorar joguei um punhado de batatas na boca.

Permissividade[56], sabe? Eu nunca tinha sentido isso. Tinha um gosto além do óleo das batatas.

Me permiti para as sensações que antes só me contraíam e me contrariavam. Os dentes que furavam o pão, misturando com as batatas, misturando com o queijo derretido. Ah, que delícia! Isso me mostrou que o mundo realmente pode ser meu. Sem culpa. E não ser meu porque eu tenho o mundo, mas ser meu porque eu pertenço ao mundo. Ser meu pelo voo. Por eu saber apreciar as minhas asas. Uma questão de ir contra as grades que me prendem. Com uma mordida eu posso ser quem eu quero ser.

No processo de morder, saborear e digerir. Eu me fiz criança de verdade. Dessas que vive uma linda viagem. Pensei comigo enquanto comia "Eta, que mundo malu-

54- **Documentos de liberdade:** essa expressão se refere a vários documentos que um ex-escravo precisava ter para ser considerado um homem livre. Muitos morreram na tentativa de alcançar esses documentos.

55 - **Vanderlei Cordeiro:** Vanderlei Cordeiro de Lima é um ex-maratonista brasileiro, bicampeão dos Jogos Pan-americanos, medalha de bronze

nos Jogos Olímpicos de Atenas 2004. Ele ficou muito famoso pois em 2004, no meio da maratona, um irlandês segurou ele e atrapalhou a corrida.

56 - **Permissividade:** qualidade de quem é permissivo, de quem deixa as coisas acontecerem, de quem dá permissão.

co..." Não só me senti vivo por comer um pão com queijo, ou uma batata frita. Eram coisas, ótimas, sim. Ainda mais para mim, que raramente comia aquilo. Mas não fazia tanta diferença. Entre ter ou não ter, quando eu entrei na casa do Rodrigo e senti que todo aquele luxo precisava de humanidade para fazer sentido, eu entendi que ser uma criança que dava risadas sinceras valia até mais que aquele tal "marrom".

A atitude de seguir minhas vontades me ensinou uma coisa muito linda. Necessariamente, viver é poder se dizer, é poder conversar consigo mesmo. Seja um sim, ou um não. Seja um reconhecimento, ou uma estranheza. Que seja qualquer coisa. Mas que possa se dizer.

No exato momento que minha boca estava cheia de comida da terceira mordida, um barulhão veio do portão. Era a tal da tia, a tal da bruxa. A mãe do Rodrigo tinha chegado. Exatamente às 19h00.

A minha cara de desespero foi maior que o Monte Everest, então eu joguei o pedaço de lanche que tinha na minha mão de volta para o prato, peguei o braço do Rodrigo, e saí com ele correndo de volta para a "sala da internet".

Rodrigo um pouco assustado, e eu fingindo que nada tinha acontecido.

A mãe do Rodrigo estacionou o carro, entrou em casa. Nos cumprimentou normalmente, e depois seguiu para o quarto dela como se nada tivesse acontecido. O medo que tomou meu coração, passou. Eu parei de pensar besteira.

no dia que
minha barriga
escreveu um poema:
ela me disse
– sim!
e foi para a vida inteira.

BILHETE

07 DE JANEIRO DE 2007. Milagrosamente, hoje eu vim escrever com o coração quentinho. Independente de tudo o que eu enfrentei, independente de todas as tristezas que me pegaram, eu sou mais. Eu tenho coragem.

O ano de 2006 foi terrível pra mim. Aconteceu a parada[57] com o meu coroa, e, depois disso, eu comecei a ir de mal a pior na escola. Até com trauma de ir na casa dos meus parceiros eu fiquei. Pra finalizar o *fatality* na minha vida, no último bimestre eu fiquei de reforço em matemática. Depois daquela notícia, eu mesmo já não enxergava um ponto onde as coisas pudessem melhorar. Mas quem diria? Incrivelmente eu tive uma surpresa boa.

A palavra "surpresa" pra mim nunca teve uma boa conotação. Uma vez, uma mina da minha antiga escola me disse assim: "abre a boca e fecha os olhos, vou te dar uma surpresa!". Sabe o que eu ganhei aquele dia? A desgramenta[58] me deu um belo dum tapão na cara. Odiei essa parada de "surpresa". Outra vez, em um passado recente, aconteceu quando eu estava subindo a favela: passei por perto de uma das biqueiras daqui, olhei para os lados, e, sem querer, ouvi a ideia do irmão. "Se liga nessa surpresinha que eu tenho para você, menor" Quando me dei conta, o cara tava entregando um oitão pra um moleque da minha idade. Cena triste.

Na minha visão de Jatobá[59], surpresa pra favelado era só b.o. Vai vendo. Só que dessa vez não. Dessa vez era diferente. Inacreditavelmente, o reforço me trouxe uma surpresa boa.

No primeiro dia do reforço eu entrei na sala de cabeça baixa. Eu estava zoado das ideia. Fiquei pensando vários dias antes de chegar na aula "reforço é coisa de burro, eu não sou burro, não vou fazer essa bosta". Só que, com essa

57 - **Parada:** uma gíria utilizada para definir qualquer coisa.

58 - **Desgramenta:** xingamento variante de desgraça, mísera. Utilizado quando alguém causa algo ruim a outra pessoa.

59 - **Visão de Jatobá:** uma gíria de época, era referente ao personagem Jatobá da novela, que era cego.

minha braveza de não querer entrar na sala, foi que a surpresa boa chegou. Entrei na escola sem olhar para os lados e fui direto buscar a primeira cadeira pra sentar. A voz doce me pescou do mundo da raiva e desilusão.

– Ei, João! Você por aqui.

Lentamente, meus ouvidos reconheceram a entonação e eu levantei minha cabeça para ver quem era. Os longos cabelos, o corpo escultural, e, principalmente, a pele meio-preta-meio-branca extrapolaram todas as minhas expectativas. Eu me sentei, e sorrindo anotei no meu caderno o que estava escrito na lousa.

"01 de outubro de 2006. Reforço de matemática, Profa Bárbara"

As mesmas notas que fizeram minha mãe me dar um sapeco[60] foram as notas que me levaram para a sala da professora Bárbara... A mina que eu tanto sonhei nas antiga. Ironicamente, desde aquele dia agradeço pelas minhas notas vermelhas. Mó fita. E por conta dessas notas que eu vim até aqui hoje, meu consagrado caderninho.

O nosso grupo do reforço era majoritariamente formado por estudantes da minha favela. No começo, éramos seis. Quatro moleques e duas meninas. Por a cena ser bem triste pra quem vem da ponte pra cá, na terceira semana de reforço só restou eu indo para as aulas. E foi aí que minha coragem começou.

O meu maior problema era a multiplicação e a divisão. Eu contei isso para a Bárbara e ela preparou várias aulas voltadas para as minhas dúvidas. Foi um anjo. Daí em diante não demorou. Com o tempo e as matérias, eu fui pegando intimidade com a professora. Durante duas horas, todo santo sábado, ela dava toda a atenção do

60 -Sapeco: apanhar, tomar uma surra.

mundo pra mim. Com toda doçura e inteligência, com toda sabedoria e amor ao próximo. Tudo só pra mim. Estranhamente, dentro da minha cabeça eu senti uma proximidade entre a gente acontecendo. A cada vez que a nossa mão se batia sem querer, a cada vez que a gente sorria junto por um acerto, a cada vez que a gente organizava a sala para fechar a escola. Não sei explicar isso, mas tinha uma bondade no ar. Uma coisa dos anjos. Foram dias bons demais.

E não demorou para todo esse empenho dar resultado, depois de dois meses de reforço eu fiz as provas finais de matemática e confiante esperava pelo resultado. Tudo graças à ajuda da professora Bárbara.

As aulas do ano de 2006 finalmente acabaram, e no segundo sábado de dezembro, nas paredes do pátio estavam as listas de aprovados. Eu e o Douglinhas saímos da quebrada e fomos ansiosos até lá. Graças a Deus, sem problemas, encontramos nossos nomes na lista. Ufa!

Assim que lemos os nossos nomes no meio da lista, olhamos para os lados e vimos todo mundo sorrindo. A nossa reação foi a mesma. Eu e o Douglinhas começamos a comemorar e nos abraçamos de felicidade. Finalmente a gente estava comemorando um momento bom. Não era só sofrimento que restava pros favelados. O Douglinhas virou pra mim e disse o seguinte:

– Parabéns pra nóiz, mano. Quem diria, hein? Depois de várias fitas a gente passou de ano. E teve professora que disse pra nóiz que nem gari dá pra noiz ser, hein? Fizemos a diferença. Parabéns pra nóiz, truta!

Meu coração acelerou como se eu tivesse ganhado uma injeção de coragem dentro do meu peito. Com a comemoração, eu senti o veneno da morte do meu pai passar pelo filtro das minhas veias, e me senti motivado. Senti as lágrimas de decepção da minha mãe se transformarem em orgulho e ganhei um impulso para ser mais. Com aquela frase do Douglinhas, eu me lembrei da mãe do Rodrigo me dizendo "não", da minha professora me dizendo "não", eu me lembrei da vida me dizendo "não". E em um impulso maluco, eu me desliguei de todas as correntes que me prendiam e dei um grito.

– Eu preciso falar com ela!

O Douglinhas me olhou estranhando, e sem entender bulhufas[61] me disse.

– Tá chapando, João? O que cê tá falando, mano?

– A Bárbara, mano! Eu preciso falar com ela!

– Ah! A sua paixonite? Cê vai falar o que pra ela, mano?

– Ainda não sei, mano. Mas eu vou fazer isso agora!

Olhamos em volta do pátio e encontramos Bárbara, no canto, próxima de um grupo de pessoas. O Douglinhas completou.

– Olha o tanto de gente que tem perto dela, mano. Cê é loko?

– Mano, eu tenho que fazer isso, tio. Preciso seguir meu coração pra honrar meu coroa, carai. Esse bagulho tá pulsando aqui dentro e é mais forte que eu.

– Mano, cê tá chapante hein?

---

61 -Bulhufas: coisa alguma, nada.

– Já sei! Cê tem uma caneta aí? Vou fazer um bagulho[62] aqui.

O Douglinhas me emprestou a caneta, eu arranquei um pedaço de papel de uma das listas da parede, e comecei a escrever. Demorei uns dez minutos, mas escrevi tudo que explodia dentro de mim. Escrevi com a letra torta e embaraçado com meus próprios pensamentos. Mas escrevi. Terminei e fui na direção do grupo. O Douglinhas deu o salve.

– Vai com Deus, cuzão[63]. Boa sorte.

Minha mão suava frio e minha perna saltitava feito um coelho desgovernado. Mas eu fui, firme na fé e no amor. Pedi licença pra chegar no grupo e comecei a falar.

– Professora Bárbara, tudo bem?
Eu posso falar com você rapidinho?

Assim que eu soltei a frase o grupo começou a rir da minha cara. Curiosamente, um dos moleques em específico fez uma cara de bravo pro meu lado e ficou me encarando. Não entendi porquê. A Bárbara respondeu.

– Oi, João. Não precisa me chamar de professora fora da sala. Tudo bem e com você? Vamos ali.

Fomos para o canto e eu já comecei a falar ansiosamente, quase me atropelando.

– Ba-Ba-Bárbara, eu só vim aqui te agradecer pela ajuda. Você me fez pa-pa-passar de ano. Você me ajudou a levar felicidade pra casa. Eu queria te dizer que você mu-mu-mudou a minha vida. Obrigado, Bárbara! Obrigado de coração.

---

62 - **Bagulho:** uma gíria utilizada para definir qualquer coisa.

63 - **Cuzão:** esse palavrão é utilizado como uma vírgula em algumas quebradas de São Paulo. Crianças, não falem palavrão. O nosso vocabulário é muito mais legal que isso. :P

– Ai que fofo, João! Que lindo! Fico tão feliz de ouvir isso, sabia? Eu torço muito por você. Sei da sua origem e sei que você merece tudo de melhor. É uma honra ouvir isso de um menino assim, tão esforçado.

Eu lembro a vergonha que me deu ao ouvir aquilo. Já estava quase desistindo da missão, mas segui firme.

– Sim, sim. Obrigado. Mas, pera aí... Não era só isso que eu queria falar... Tem essa outra coisa aqui – peguei o bilhete amassado do bolso – eu te escrevi isso aqui. Cê me promete que só vai ler quando chegar em casa?

– Tá bom, eu prometo.

– Muito obrigado, professora.

Dei um abraço nela e me fui embora. Minha missão estava cumprida.

Querido caderninho, hoje, 07 de janeiro de 2007, depois de ter passado por tudo aquilo eu escrevo com meu coração quente. A gente é capaz de vencer nossos monstros e medos. Fico imaginando daqui de casa o que ela deve estar pensando e aguardo ansiosamente pela resposta. A minha atitude me fez sentir bem. Viver é ter coragem.

As palavras que eu entreguei no bilhete ficaram marcadas dentro de mim.

"Querida Bárbara,

Esse ano as coisas estão muito difíceis. Primeiro meu pai se foi, depois começaram a me zoar na escola e, no final, eu ainda fui para o reforço. O que me machucou foi que deixei a minha mãe

ainda mais triste. Mas esse bilhete não é para falar de tristeza. Eu queria falar de felicidade. Ou melhor, com a felicidade. Com você, professora. Quando eu achei que tudo estava perdido eu entrei na sua aula e senti que você se importava comigo. Que me acha esperto, inteligente. Eu senti meu coração ficar quentinho. Nas suas aulas, sentia que estava num lugar de paz no meio da guerra. Mesmo que a tristeza seja a maior parte da minha vida, quando eu estou perto de você me sinto bem. Talvez isso seja uma loucura da minha parte, mas eu sei que só quem é louco que é feliz. Eu gosto muito de você, professora. E quando eu falo de gostar, é tipo ser mais que amigo. Essas coisas que eu ainda não sei explicar. Eu só queria te dizer que toda vez que eu te vejo eu sinto o meu coração queimar devagarinho. Não poderia acabar o ano sem falar isso.
Obrigado por tudo. Te desejo um lindo ano novo.

Beijos, João Victor. 09 de dezembro de 2006"

HOTEL PAMPAS

06 DE FEVEREIRO DE 2007. As minhas férias do ano de 2006 para 2007 foram marcadas pelo marasmo[64]. Eu não quero soltar pipa, não quero colar no baile, e nem quero jogar Polystation[65]. A única coisa que eu quero é ser respondido pela Bárbara.

As festas de final de ano foram bem estranhas nessa passagem. O que antes era a laje cheia, churrasco com farofa e refrigerante Dolly, ficou completamente vazio sem o meu pai. Eu sinto muita falta dele. Durante a queima de fogos na virada do ano, o que costumava ser nós quatro se abraçando, virou um abraço firme na minha mãe e na minha irmã. Elas choraram tanto que eu não consegui me emocionar. Só quis estar lá por elas. No luar daquela noite senti o brilho vindo do céu. A estrela de Seu Angenor pulsa lá de cima.

---

64 - **Marasmo:** falta de coragem, estado de apatia, abatimento moral, uma tristeza profunda.

65 - **Polystation:** é um clone piratão do Nintendo que tem a carcaça igualzinha a de um PlayStation 1.

O meu sonho mesmo é pular tudo e ir direto para as aulas do ensino médio. Somente estudando de manhã vou conseguir encontrar a Bárbara. Ela parou de ser inspetora de reforço durante a tarde. Dentro da minha gaveta ainda restam algumas bombinhas, mas eu tô tão sem força que decidi deixar elas lá. Só vou estourar se a Barbára me responder. Cada dia que passa sinto mais essa tal da melancolia. Só que realidade de pobre é diferente. A gente nem tem tempo pra ficar triste.

Desde o meio do ano passado, minha mãe se tornou uma grande amiga da Edna, a mãe do Douglinhas. Nessas últimas semanas a Edna contou pra minha mãe que a empresa que ela trampa está recrutando menor aprendiz. Minha mãe não tinha todas as informações direito, mas fez eu e minha irmã irmos até lá.

Segunda-feira, às 10h00, 05 de fevereiro de 2007, Hotel Pampas. Foi isso que ela passou pra gente. Eu e minha irmã saímos de casa juntos. No caminho, fiquei tentando puxar assunto com a Sandra, tentando dizer o quanto eu tava ansioso. Minha irmã nem pá[66]. Parecia que estava ligada em outro assunto. Num deu outra. Foi só chegar no ponto de ônibus – que fica a dois quilômetros de casa – que a Sandra me pediu um favor.

– João, eu não vou ir para essa entrevista, não.

– Como assim, Sandra? Tá maluca?

– Cê acha memo que eu vou me sujeitar a trabalhar em hotel? Sai fora! Imagina se eles te colocam para limpar privada? Tá amarrado! Eu vou fazer uma coisa melhor da minha vida.

– Fazer o que, Sandra? Tá maluca? Você não pode, Sandra. A mãe vai te arregaçar.

66 - Nem pá: nem ligava, nem se interessava, nem tchum.

– Não vai, não. Ela só vai me bater se você contar. E eu confio em você. Pega aqui o dinheiro da minha passagem e compra um lanche. Só me promete que não vai contar, tá bom?

Ela meteu o louco grandão. Nem sequer ouviu uma resposta minha e saiu. Um cara mais velho surgiu em uma moto, colocou Sandra na garupa, e ela foi-se embora. Mais uma vez era só eu acompanhado da melancolia[67]. No resumo das ideias eu ia fazer o quê? Dedurar minha irmã e sair como pilantra? Jamais. Tive que seguir minha caminhada. Tive mais uma vez que superar o medo e a ansiedade e ir trilhar o caminho sozinho. Chegando nos doze anos, era mais uma vez só eu contra a selva de pedra. Atravessando a cidade em busca de um lugar ao sol.

Demorei, me perdi no meio do caminho, mas às 09h45 cheguei no hotel. Li a placa e subi até o nono andar. Chegando, vi uma sala repleta de adolescentes. Nenhum deles parecia ter a minha idade. Todo mundo era mais velho. Peguei uma senha e fiquei aguardando. 323. No painel estava a senha 51 ainda.

A sorte é que dessa vez eu já tinha saído de casa preparado. Durante as horas que aguardei, adentrei em "O mundo de Sofia"[68] e o tempo parece que voou. Quando menos esperei, a senha foi chamada no painel.

Sentei-me na cadeira, retirei o currículo que tinha na pasta, entreguei para a entrevistadora com as mãos tremendo um pouco. Ela olhou a data de nascimento, fez uma cara estranha. Mesmo assim continuou. Com um pouco de pressa, começou o questionário. Perguntou das minhas experiências, e eu contei que já tinha entregado produto de limpeza, trampado no lava-rápido e feito bico entregando gás. Ela se impressionou. Perguntou das minhas vontades e dos meus sonhos, eu contei para ela que um emprego naquela altura seria a melhor coisa pra mim, iria me ajudar com os

---

67 - Melancolia: uma grande tristeza, um desencanto geral.

68 - O Mundo de Sofia: é um romance escrito por Jostein Gaarder, publicado em 1991.

problemas financeiros em casa e ia me dar uma luz. No final, fez algumas questões mais pessoais. Foi tudo bem tranquilo. Eu fui bem sapiente[69] na entrevista. No final do papo a entrevistadora me disse:

– João, eu queria te dar os parabéns, viu? Foi uma ótima conversa. Você é um menino encantador. Infelizmente, nós só contratamos jovens a partir dos 14 anos de idade. Eu não sei como deixaram você esperando aqui durante tanto tempo, as meninas na recepção já deviam ter te avisado.

A melancolia me bateu forte de novo. Mas ela continuou.

– Mas vamos fazer assim, eu vou ficar com esse seu currículo e, assim que a gente tiver uma vaga, vamos te ligar, tá bem? Anota o meu nome, eu sou a Liege.

Nem consegui comemorar a "vitória". A sequência dos fatos recentes me jogava pra baixo. Até quando era uma notícia boa tinha uma parte ruim. Meu sobrenome se tornou desilusão. Eu saí do prédio bem triste, comprei um salgadinho Fofura[70], e voltei para casa degustando o empate técnico do meu fracasso do dia.

GARIBALDA

10 DE JULHO DE 2008. Infelizmente, a minha vida já não tem mais tantas novidades. Perdi as esperanças da Bárbara me responder faz tempo. Desde então, ando com meu coração quebrado. Estou exausto, não quero ir para escola e me sinto sempre triste. Coloquei uma coisa na minha cabeça: só volto pra cá para escrever se for daora, tá bem? Desculpe te deixar no gelo. Hoje eu queria te contar a história da Garibalda.

69 - Sapiente: que tem sapiência, sabedoria, conhecimento.
70 - Fofura: salgadinho brasileiro típico pelas quebradas.

Umas semanas antes de começar a sétima série, eu e o Douglinhas fomos conferir a lista das salas na escola. Foi só chegar e já tinha uma pá de nome novo, sendo a maioria nomes de meninas. Graças a Deus, elas não nos conheciam dos anos passados. O Douglinhas, malandro que é, me deu o papo.

– Meu mano, essa é a oportunidade de nóiz fazer diferente. É a hora do jogo virar!

E nesse ritmo viramos todas as peças do tabuleiro. Comecei a me comportar no melhor estilo bon vivant[71]. Fui jogador nato. Só pra você ter noção, até a minha maneira de zoar na sala de aula se transformou. Eu não dava mais tapa na cabeça dos moleques sem motivo, era só tapa com elegância. Não tacava mais bolinha de papel sem motivo, era só aviãozinho na elegância. Não ia mais para escola desarrumado, era só gelzinho no cabelo na elegância. Mas foi aí que eu arrastei... Fiquei meio sem noção da realidade quando as minas começaram a reparar em mim, e eu dei ideia[72] em mais de uma ao mesmo tempo. Aí, descobri o que elas chamavam de "deselegância". Fiquei sem moral na quebrada. Tripliquei a dificuldade de receber qualquer beijo com aquela atitude.

Enfim, treta vai, treta vem, já tinha passado meio ano de aula e eu sem arrumar nada. O Douglinhas já tinha ficado com duas minas na escola. E eu? Zerado. Entrei no desespero para esse jogo virar.

Na minha sala, tem uma menina meio estranha, tipo eu. O apelido dela é "Garibalda". Garibalda, na verdade, é o apelido maldoso que colocaram na Kelly, da sétima série B. Ela é uma menina alta, bem alta na verdade, magra e tem os cabelos compridos e lisos. O rosto dela é bem bonito, fino, mas ela usa uns óculos que parecem ser feitos de

---

71 - **Bon vivant:** é uma expressão da língua francesa que designa uma pessoa que sabe aproveitar os prazeres da vida.

72 - **Dar ideia:** flertar, xavecar, paquerar. Trocar ideia com segundas intenções.

garrafa PET. Não favorecem a beleza dela em nada. Mesmo assim, ela se parecia bastante comigo. Gosta de livros, histórias em quadrinhos, desenhos animados e todas as nerdices do nosso tempo.

O que acontece é o seguinte: uma vez essa mina disse que gostava de mim. Só que ela não falou pessoalmente. Ela me mandou um depoimento no Orkut. Mas, na época, quem gostava dela era o Rodrigo (aquele playboy da batata frita, lembra?). Ele vivia abraçando ela pelo Buddy Poke[73]. Então quando a Kelly me mandou o depoimento, eu só recusei e segui as leis das ruas. Talaricagam[74] é crime de morte.

A situação para o meu lado começou a ficar tão louca, mas tão louca, que eu não tinha mais escolha, parça. Pensei comigo mesmo. "A Karen? Já foi. A Babi? Já foi. A Cynthia? Também". Todas tentativas frustradas de conseguir o primeiro beijo. Bota atrás de bota. Se eu não mudasse minha estratégia, ia ficar mais um ano sozinho, sem beijar ninguém. Aí, no meio dessa bagunça sentimental, me lembrei desse depoimento do Orkut, da Garibalda. Não fui eu que escolhi, foi a carência que veio me tentar.

Sem arrastar, e sem ficar falando muito, fiz a estratégia pra chegar nela. Ser bem sincero desde o começo e falar pra Garibalda que a gente só podia ficar junto na hora da saída. Sem paixão, sem namoro. Era só para a gente perder o BVL.

Durante duas semanas eu saí um pouco mais tarde da escola e levei a Garibalda até a casa dela. Inevitavelmente, a gente começou a ficar mais íntimo. Fui entendendo a diferença entre a Kelly e a Garibalda. A Kelly é uma mina firmeza, inteligente e doce. A Garibalda é só uma máscara. Uma idiotice pra tentar diminuir a riqueza dela. Posso admitir? Se pá eu até comecei a gostar um pouco da Kelly.

73 - **Buddy Poke:** são uns bonequinhos em 3D de um aplicativo que surgiu no Orkut (rede social extinta). Basicamente uma versão fofa do "The Sims".

74 - **Talaricagem:** xavecar o companheiro/companheira do amigo/amiga. Agir na pilantragem.

É quente memo, eu nem me importava com a beleza, essas fita de padrão, nem nada. E foi aí que eu errei.

Eu devia ter seguido a bíblia das ruas e continuar como um bon vivant. Eu não podia me apaixonar. Quando comecei a gostar dela, comecei a dar boi[75]. Agora eu posso contar porque já sei do vacilo... Mas o meu erro foi achar que o mundo não era pequeno demais. E, pior, acreditei que olho de zé povinho fica pequeno no morro. Vacilei.

Depois da segunda semana, realmente estava curtindo levar ela para casa. A gente ria, falava de quadrinhos, brincava de lutinha, e às vezes comprávamos gelinho juntos. Mas a treta é essa: a Kelly é uma menina de 13 anos e de 1,90m. Por mais que eu achasse o sorriso dela uma graça, eu sempre precisava me esforçar para encontrar ele. Sou um moleque baixinho, sabe? Lá de baixo parecia que ela estava no terceiro andar de um prédio. A altura era um problema iminente[76].

Como que eu ia beijar ela? Tinha que levar um banquinho para escola? Um salto alto? Sei lá. Fui revirando na minha cabeça tentando encontrar a chave.

Não demorou e me lembrei da Rua do Morrão. A rua mais íngreme da divisa do bairro nobre com a favela, e conhecida porque no final da rua tinha uma quadra. A quadra do morrão.

Com o local em mente, meu plano ficou mais tranquilo, pensei comigo. É só levar a Kelly lá, eu fico na parte de cima da rua, ela em um piso de baixo, então demorou. O obstáculo da altura vai ser só mais uma diversão. Só que é na emoção que o vida loka erra. Me emocionei demais e cometi um vacilo. Esqueci da porra da quadra. Dos maldito zé povinho!

Dia vai e dia vem, eu consegui desenrolar com a Kelly e convenci ela de ir para a tal da rua do Morrão comigo. Quando chegamos, eu já estava com meu kit padrão

---

75 - Dar boi: facilitar as coisas, se distrair, deixar que algo passe.

76 - Iminente: que ameaça se concretizar, que está a ponto de acontecer, que está próximo.

de ansiedade. As minhas pernas tremiam, a minha mão suava frio e meu coração estava quase pulando pela boca. Entretanto, a Kelly é muito daora. Sabe o que ela fez? Fez questão de me lembrar que era a primeira vez dela também e foi me deixando mais calmo. A gente chegou, subiu o morro até quase a ponta e paramos na calçada que eu tinha pensado. De longe, a gente ouvia alguns barulhos de futebol.

Eu subi na calçada de cima, ela ficou pela parte de baixo. Quando olhei ela, daquela altura, achei a cena malucamente fofa. Peguei a mão dela bem de leve, ela me pediu que a gente fechasse os olhos. Em um movimento de atração, feito a órbita dos planetas em volta do sol, o nosso corpo se impulsionou e foi.

Fui o primeiro a colocar a língua na boca dela, e, parça, que negócio nojento! Primeiro os nossos lábios se tocaram de leve, com respeito, aí fui sentindo o meu peito flutuar, e não me controlei. Me empolguei. Tentando imitar o que eu via nos filmes, minha língua ganhou vida própria. Eu fico com vontade de dar risada lembrando dessa parada. Na hora, parecia que minha língua era a hélice de um liquidificador e os dentes dela eram um monte de frutas pulando, tentando escapar da cabeça cortada. Que cena feia!

Mas a vida é assim. Independente da estética, no momento em que nossas bocas viraram uma só, foi um momento único. Foi e será inesquecível. Voltei para casa flutuando que nem um anjinho feliz.

Cheguei em gomas[77], e decidi tirar um cochilo. Aproveitei que minha alma tava leve pra flutuar no etéreo. Acabei pegando no sono profundo e fui acordar só quando já eram 00h30. Um pouco zonzo, meio estranho. Mas, pelo horário, eu aproveitei e fui direto pro computador.

Em casa, a gente não tinha nem terminado os rebocos direito, mas antes de meu pai morrer ele fez questão de

77 - **Goma/gomas:** casa, residência.

comprar um computador. Minha mãe, demorou um pouco mas fez. Recentemente minha mãe tinha colocado internet discada[78] em casa. Por isso, aproveitei o horário. Depois da meia-noite, acessar a internet era de graça. Joguei alguns jogos da Cartoon Network, baixei outros para jogar offline e, por fim, fui olhar meu Orkut. Já eram umas 01h30 quando a página dos meus recados carregou. Achei estranho que naquela noite tinham mais cinco recados, assim, do nada. Fui ver e cinco pessoas que eu nem conhecia me mandaram um link. Cliquei. Com toda aquela demora da internet discada o link demorou cinco minutos para abrir, e quando abriu era a seguinte comunidade do Orkut: "todo baixinho precisa da sua grandona".

A comunidade já tinha mais de 600 membros, e a foto da mesma foi o que eternizou o nosso primeiro beijo. Para todo o sempre. A foto da comunidade era a Kelly cruzando as pernas em uma seta para baixo, e eu, quase um metro acima dela, todo torto tentando beijá-la. Truta, que cena humilhante!

Os playboy bico sujo que estavam jogando bola na quadra viram a cena, vieram na surdina, e, ao invés de respeitar, decidiram tirar foto e aloprar nós dois. Arrombados! Mas é isso, né. Mula de quebrada nunca tem fim. Os caras ficaram me zoando durante meses e meses.

No fim da história a gente assumiu a nossa "relação". Tentamos, na verdade. Eu já era alvo de zoação na escola, e agora, junto dela, a gente virou um ímã de piada. Não aguentamos nem um mês juntos.

No resumo da ópera, senti que nosso amor foi eterno. Não só pela fotografia, não só pelo beijo. Mas, sim, porque a Kelly me mostrou que amar pode ser do nosso jeito. Do jeito que a gente se sente bem e feliz. Somos lindamente feios. E tá tudo bem. Deixa os otário zoar. No fim das contas, eles nunca vão sentir como é bom amar e ser amado.

---

78 - **Internet discada:** é uma forma de acesso à internet que usa a rede de telefonia para estabelecer uma conexão. É a internet quando tudo era mato.

EDUCAÇÃO FÍSICA

13 DE FEVEREIRO DE 2009. Salve caderninho de maloqueiro!

A vida é um bagulho muito louco, né? Esses dias, li um poema de um mano da quebrada, o Fábio Boca, onde ele fala que "a vida é a breve arte do encontro"[79]. Refletindo minhas vivências eu acredito que é quente memo. Quando você acha que pá, a vida vem e pum. Mó fita.

Esse ano as coisas mudaram bastante na minha vida. Acabei de chegar na oitava série, e, em julho, completo 14 anos de idade. Tô me sentindo mais maduro, mais vivido. Mesmo assim, num vou mentir procê, pode passar o tempo que for e essa fita é mais forte que eu. Desde o dia em que eu entreguei o bilhete nas mãos da Bárbara, não consigo parar de pensar nela. Sempre sonho com o nosso reencontro.

Infelizmente, eu não posso contar essa história pra mais ninguém. Já enchi tanto o saco do Douglinhas que ele ficou com nó na orelha. Por isso, vim desabafar contigo, consagrado caderninho. Se te contar essa fita, cê num vai acreditar.

Agora que comecei a estudar de manhã, cheguei no último ano do ensino fundamental, a oitava série. Nas primeiras semanas de aula no novo horário, descobri que fica uma tensão no ar. De manhã, a gente só tem aula fixa na primeira semana. Depois, os alunos têm que trocar de sala. Óazideia. Sabe o que me deixa mais pá[80] agora? Como agora eu estou estudando de manhã, estou no mesmo horário que a Bárbara. Isso quer dizer que todo santo dia eu posso trombar com ela pelos corredores da escola. Já tô ficando louco com isso.

Na primeira semana de adaptação, estávamos nas salas fixas. Quem vinha de um canto para o outro eram os professores. Até então tava lindão. Eu me escondia no meu canto, não saía nem pra ir no banheiro. Cada um na sua função, cri-

---

79 - Esse verso na verdade é do Vinicius de Moraes, mas eu ouvi da boca do Fábio na mixtape "Antes, Depois" do Amiri. Vou creditar quem me fez acreditar, né não? Zoeira Vinicius, valeu a inspiração.

80 - Ficar pá: ficar inseguro, ficar confuso, pensando muito..

me é crime, e eu sou eu. Mas é óbvio que não ia ser mó mamão[81] pra mim. Chegou o dia que anunciaram a sala ambiente, e eu fui lá ver os horários das aulas.

SEGUNDA	TERÇA	QUARTA	QUINTA	SEXTA
Geografia	Português	História	Matemática	Artes
Matemática	Sociologia	Física	Geografia	Filosofia
Química	Português	Artes	Sociologia	Português
Filosofia	Física	Matemática	Química	Educação Física
Matemática	Matemática	Português	História	Educação Física

Segunda-feira: chatão. Terça-feira: chatice ao quadrado. Quarta-feira: o dia se salvava por causa de história e artes. Quinta-feira: a volta da chatice. Mas parça, quando eu vi o dia de sexta-feira, eu fiquei a mais[82]. A mais memo. Dei mó berrão no corredor.

– O quê???

Não teve como. Duas aulas de educação física seguidas, e ainda mais, nas últimas aulas de sexta? Aquele sonho não podia ser verdade. Séloko[83]. Fiz questão de tirar a curiosidade e fui confirmar na coordenação.

– Ô, tia! Esse horário está certo mesmo?

Quando a rapa viu que eu saí sorrindo da coordenação todo mundo agradeceu o milagre junto.

81 - Mó mamão: muito fácil, tranquilo.

82 - Ficar a mais: ficar feliz, confiante, seguro.

83 - Séloko: uma das gírias que mais definem São Paulo. Se dita por um

– Aeeeeee! – grito fez até um estrondo pelos corredores da escola toda.

Até que enfim a escola fez uma boa, pensamos nós. Eu até me esqueci das ziquezira da vida. Depois da divulgação do novo horário esperamos só duas semaninhas e chegamos no dia de hoje, 13 de fevereiro de 2009. Sexta-feira 13.

Ainda hoje, no caminho para a quadra, eu notei uma parada estranha. Enquanto a gente chegava perto do portão tinha outra sala vindo com nóiz. E eles não só estavam vindo, na verdade eles ficaram. Eu, com toda minha ansiosidade para jogar uma bola, fiquei na frente do portão esperando. De longe, fui notando a nossa sala, só os pequenos e sorridentes capetas da oitava série. A outra, uma pá[84] de mina mais velha e marmanjo quase adulto do terceirão. Quanto mais as salas se aproximavam, mais um clima estranho foi ficando no ar. E mano... Foi quando todo mundo finalmente chegou que eu fiquei apavoradíssimo. Eu vi uma parada meio-preta-meio-branca no fundo do corredor. Pensei comigo "se isso for o que eu estou pensando eu tô lascado"

– Priiiiiiiiiiiiiiiiiiiiiii – o apito da professora cortou todas as vozes que perturbavam o silêncio e me ajudou com meu pavor. Ela continuou.

– Alunos da oitava B e do terceiro A, prestem atenção! Eu sou a Silvina, a professora substituta de vocês. A professora Helena, a que vai dar as aulas normais, está de atestado médico. Como não temos mais professores substitutos, a direção decidiu reunir as turmas na quadra, assim ninguém fica sem aula.

---

84 - Uma pá: um monte.

Assim que a professora terminou as ideias um maluco folgadão do terceiro saiu berrando.

– Ah, mas eu sabia que era bom demais para ser verdade! Vamos ter que dividir a quadra com esses pirralhos, aí?

Voltando com a fala a professora rasgou em raiva:

– Me deixa terminar de falar, seu peste! Quem é você? Se for começar a causar eu já te mando pra diretoria agora.

– Sou o Pixote, professora. Me desculpe.

– Certo, Pixote. Fique calmo, isso vai ser só no primeiro bimestre. Então não cria caso.

Depois do diálogo áspero, a professora abriu o portão e nós entramos na quadra. Ela começou as chamadas.

– Oitava B, atenção. Adilson, Allan, Ana... – até chegar meu nome – João Victor.

Quando chegou minha vez eu respondi quase tentando me esconder.

– Aqui...

A professora finalizou e voltou para a chamada do terceiro. Quando começou, Douglinhas notou que eu estava meio pá, quase me escondendo atrás da mochila. Ele foi e me perguntou.

– Que que foi, João? Tá vendo bicho?

– Nada, mano. Nada! Só me deixa aqui prestando atenção.

A professora começou a chamada do terceiro ano e eu fiquei focado nos nomes. Eu queria confirmar se o vulto que vi no final do corredor era verdade ou se eu estava de chapéu.

– Alexandre, Aline...

– ... Bárbara!

Ao ouvir o nome, meu coração sentiu exércitos ressoarem[85] peito adentro. Puta merda! A voz que disse "presente" era a mesma, a pele era a mesma, o nome era o mesmo. Eu não posso estar maluco. É ela!

Meu Deus do céu, caderninho. Só de lembrar dessa fita o meu coração dispara. Será que foi Deus que colocou ela lá? Ou foi eu mesmo que mereci tudo isso? Mano do céu, é ela, truta! A Bárbara! A minha professora do reforço, a minha paixão. Ela está dividindo quadra comigo, mano! A mina dos meus sonhos. A mina do bilhete, carai!

Sem respostas, o máximo que eu pude fazer no dia de hoje foi me esconder durante toda a aula e sair correndo pra casa. Deixei até o Douglinhas sozinho. Vim correndo pra cá compartilhar a minha dúvida contigo, caderninho. O que eu faço da minha vida agora?

---

85 - Ressoarem: fazer um som com força, soar com força, retumbar, ecoar.

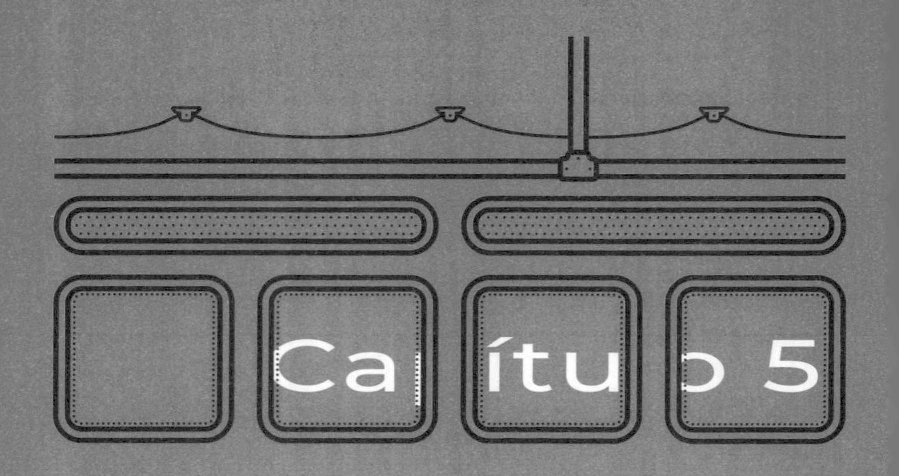

PLANO PERFEITO

16 DE FEVEREIRO DE 2009. Há um tempo fui na casa do Douglinhas. Lá, o primo dele estava com um livro do Malcolm X e nos leu uma passagem. "Não condene se você ver uma pessoa tomando um copo d'água sujo, apenas mostre-a a água que você tem. Quando ela inspecionar, você não vai precisar dizer que a sua é melhor."

Hoje, aqui na escola, estou lembrando dessa fita. Se pá o meu desespero é tanto que eu nem tenho um copo d'água. Eu acho que eu estou memo é bebendo bosta. Se liga nessa fita em que eu entrei.

Desde o dia do bilhete, se passaram dois anos. Mas assim que eu trombei a Bárbara na quadra, me lembrei da vergonha que passei. O meu coração aberto, o meu bolso vazio e meu tênis rasgado. No momento que meus olhos viram a beleza dela de novo, enxerguei uma Bárbara mais evoluída, mais mulher. Mas quando eu olho pra mim não vejo diferença. De um lado, uma rainha. Do outro, um moleque feio, sem pai e sem dinheiro. Eu sinto vergonha de manter essa paixão pulsando. Por que eu ainda acredito que tenho alguma chance com ela?

A resposta está na loucura que eu acabei de entrar. Dos males todos, o menor sou eu. Ao menos na oitava série, chegaram as aulas de filosofia, que junto do professor barbudão me ajudaram a entender melhor quem eu sou. Na semana passada, a gente começou a estudar um tal de "Nite"[86]. Esse mano aí não acredita muito nas coisas daora da vida. Adora complicar tudo com uns papo difícil e pá. Depois que troquei uma ideia mil grau com o professor, parei aqui na aula pra escrever.

– Ô, professor, se a vida não tem nenhum sentido então pra que viver?

– A gente tem duas opções, João. Ou a vida tem nenhum sentido ou ela tem o sentido que você quiser. Você que decide! A graça de viver é escolher o jeito de preencher os vazios.

Carai... Só de lembrar disso, fico até emocionado. Aquela ideia bateu dentro do interior do meu ser e me fez entender porque eu concordei com a loucura do Douglinhas. Nós temos só o agora, somente os pequenos momentos. Minha vida só vai fazer sentido se eu tiver coragem e aproveitar. Hoje, ainda na primeira aula o Douglinhas chegou.

– João, eu sei porque você meteu o louco e sumiu na sexta-feira, mano. Fica suave!

– Sabe do que, mano? Não foi por nada. Eu tava com dor de barriga.

– Eu sei que foi por causa da Bárbara, mano. Pode pá. Mas, aê, é o seguinte: quando cê tava se escondendo atrás da bolsa você ficou moscando e nem viu.

86 - Nite: na verdade é o filósofo Nietzsche, só que na grafia especial de João.

– Nem vi o que, mano?

– A professora explicou certinho como vai ser a divisão da quadra. Ela explicou que a gente só vai dividir aula com o terceiro ano durante o primeiro bimestre.

– Tá, mano, mas o que isso tem a ver?

– Deixa eu terminar de falar, miséra[87]! Como três professoras estão de licença, esse começo de ano, eles não vão aplicar a prova transversal esse bimestre. Aquela prova que dá nota para todas as matérias, sabe?

– Sei, mas e aí?

– E aí é que tá a treta, João. Eles vão dar um trabalho em dupla com o tema livre.

– Tá bom, tá bom, Douglinhas. Pra que tanto alarde, mano? Cê sabe que sempre sou eu e você no trabalho.

– Não, João. Presta atenção! A minha irmã já teve aula com a Silvina antes, lembra? E ela me disse que essa professora tá pouco se lixando pros alunos, ela só quer ter menos trabalho. Quando foi na época da minha irmã, ela juntou as duas turmas e mandou eles fazerem um trabalho só.

– Sério, mano? Como assim?

– É sério, João! Eu fiquei esse final de semana conversando com a minha irmã e nós chegamos em uma teoria. Eu acho que ela vai fazer isso de novo. E se ela fizer, nós vamos dar um jeito de colocar você no grupo da sua paixão, pode pá!

87 - **Miséra:** define um estado de muita raiva ou é utilizada para potencializar uma fala. Por exemplo: "Ei, seu miséra! Vá trabalhar!", "Que comida boa da miséra".

– Ah, não mete o louco, Douglinhas! Como é que nóiz vamos fazer isso?

– Se acalma, parça. Dormiu de calça jeans? Confia no pai aqui. A minha irmã me passou toda a caminhada. A professora Silvina faz isso sempre: ela organiza as turmas em filas de quatro alunos, abre o portão da quadra, e pede pra geral sentar na arquibancada. Com o pessoal sentado, ela entrega uma folha pra cada grupo e pede para escreverem o nome e o tema do trabalho. É assim que ela separa os grupos.

– Que fita, mano! Então quer dizer que o que a gente tem que fazer é só ficar perto da Bárbara?

– Isso, mano!

– Só isso, mano?

– "Só isso"? Tá me tirando, João? Cê num chegou nem na Garibalda que eu tô ligado! Tá achando o quê?

– Caramba, não precisa esculachar também, né? Mas demorou, parça. Tô dentro.

Eu escrevo essas linhas para desabafar comigo mesmo. Até o exato momento eu não faço a menor ideia de como vamos fazer para nos aproximar dela. Só de pensar eu estou quase me borrando. Mas eu não vou dar pra trás. O que a vida quer da gente é coragem.

O FEITICEIRO

18 DE FEVEREIRO DE 2009. Como dois soldados camuflados em uma mata, começamos com o clássico reconhecimento de campo durante todo o intervalo da quarta-feira. A nos-

sa tática foi bélica[88]. Cada um ficou em um ponto, e com nossos walkie talkies[89] imaginários a gente se comunicava. De longe o Douglinhas me fez um sinal apontando pra orelha. Era o fone de ouvido. Precisamente 80% do tempo que observamos Bárbara e a amiga dela, elas intercalavam as mordidas dos lanches ouvindo alguma coisa. Nos reunimos em canto e nossa estratégia agora era descobrir o que elas tanto ouviam.

– Mano, eu acho que elas tão ouvindo funk, só pode. Lembra que a gente trombou a Bárbara no baile?

– João, cê é louco, mano? Quem ouve funk pra lanchar nove horas da manhã? Deve ser outra fita.

– Ah, mano... Num sei... O que cê acha da gente perguntar pra alguém da sala delas o que elas curtem? Será que é um bom caminho pra chegar nas minas?

– Se pá pode até ser, mano. Mas pra quem vamos perguntar?

– Mano, a única pessoa que eu conheço daquela sala é o moleque doidão da favela, sabe?

– Quem, mano?

– O estranhão, mano. O que se parece com a gente e pá. Ele usa umas roupas tudo de mangá, de quadrinho.

– Ahhhh, mano, tô ligado! O Feiticeiro, né?

– Isso, mano, esse doidão aí memo!

– Pode ser uma boa, mano. Mas será que ele vai saber?

88 - Bélica: que faz referência à guerra ou pertence à guerra.

89 - Walkie Talkie: pequeno aparelho de rádio que uma pessoa pode usar para se comunicar a uma distância relativamente curta.

– Mano, ele é um feiticeiro. Ele deve saber muito mais do que a gente imagina.

Depois do estereótipo lançado no melhor jogador de RPG[90] da escola, nós dois embarcamos na aventura de falar com o "Feiticeiro". Tínhamos pouco tempo então tivemos que correr.

Assim como em uma prisão, os espaços no intervalo são divididos por grupos, bem parecidos com as gangues. A arquitetura da escola é bem quadrada, o que faz os nerds sempre ficarem no canto mais distante possível. Fomos correndo vasculhar por lá.

O nosso preconceito foi certeiro. O Feiticeiro estava no canto mais propício para o que ele mais queria: a invisibilidade. Escondido no portão que dava acesso para a horta da escola, chegamos no habitat dele. Sem esforço vimos o corpo do mongol gigante estirado e sozinho. Mó calor da porra e ele misturando bermuda e blusa de moletom. Vai vendo. De touca tampando o rosto e as pernas brancas cabeludas de fora. Eu e o Douglinhas nos olhamos e ele falou.

– Eu não vou falar com esse mano nem fodendo, João! Óia a cara desse lóki.

– E eu, mano? Tá maluco? Óia isso. Cara de louco da porra. Dá até medo!

Para intensificar o nosso medo e desespero o sinal da escola bateu.

O Feiticeiro se levantou para voltar em direção à sala todo desengonçado. Todo torto, o que ficou de frente pra mim foi o estômago do Etevaldo. Eu fiquei fragmentado[91] de medo e disse sem pensar.

90 - **RPG:** é a sigla em inglês para role-playing game, um gênero de jogo no qual os jogadores assumem o papel de personagens imaginários, em um mundo fictício. A coisa mais nerd e mais daora do mundo

91 - **Fragmentado:** que foi dividido, separado; que foi repartido em pedaços ou partes menores.

– Hey, você... Você é o Feiticeiro? O que mora nos prédios da favela?

– Feiticeiro? Tá doido? Quem foi que te disse isso, seu pitoco[92]? Sai fora, vai, me deixa em paz!

Eu percebi que fiz merda e fui correndo atrás dele.

– Não, não, não... Ninguém me contou. Foi o jeito que eu ouvi os moleques te chamarem, pera aí, eu sou o João, eu divido quadra com a sua sala, só queria te perguntar um negócio.

– Sai daqui, pirralho!

– Só uma pergunta! Eu te dou todos meus cards do Yu-Gi-Oh![93] se você quiser.

Nerd é foda. A gente sabe jogar no campo da negociação. Ele ouviu minha proposta e se voltou pra mim.

– Pera aí, você tem o Dragão Branco de Olhos Azuis?

– Num tenho! Só tenho as 4 partes do Exódia, falta só a cabeça.

– Ah, e para que eu vou querer mais um Exódia? Não me serve de nada.

– Se você me responder, eu te dou a minha versão do GameShark[95] para PS1.

Quando eu proferi essa frase, meu mano... Ali foi o momento que eu entendi o que é paixão de verdade. Quando eu fui ver já tinha entregado tudo.

92 - **Pitoco:** de tamanho reduzido; pequeno, curto.

93 - **Yu-Gi-Oh!:** é uma série de mangá de uns mago loko escrita e ilustrada por Kazuki Takahashi.

94 -GameShark: é a marca registrada de um CD de trapaças para videogames como PlayStation e Nintendo 64, que servem para desbloquear os códigos dos jogos.

– Você tem o GameShark de Play 1?
Onde você conseguiu encontrar?

– Não interessa, mano. Faço meus corre. Mas aê, vai querer?
Se for responde logo que eu tenho que voltar para sala.

– O que você quer saber? Desembucha, pivete.

– Qual é o tipo de música preferido da Bárbara?

– Só isso? Você não percebeu, não? Cê é burro?

O Douglinhas, bravo como sempre, já quis partir pra violência.

– Burro o quê, mano? Tá chapando, é?

– Calma, calma! Elas são do Hip Hop[95]. Elas gostam de rap[96].
Você não percebeu que ninguém mexe com elas? Que elas são bravonas? E, o principal, que todo dia elas usam alguma roupa com um letreiro imenso escrito "hip hop"?

O Douglinhas teve que admitir nossa burrice e nos entreolhamos.

– É quente... Mas aê, o que é Hip Hop, Feiticeiro?

– Feiticeiro é meu ovo, seu moleque! Se quer saber, vai pesquisar.
Eu tenho que sair fora. Mas amanhã quero
meu GameShark, hein? Vou te cobrar.

Indo de volta pra sala eu olhei para o Douglinhas e disse encafifado.

95 - **Hip Hop:** um gênero musical e uma cultura iniciada durante a década de 1970, nas áreas centrais de comunidades jamaicanas, latinas e afro-americanas da cidade de Nova Iorque.

96 - **Rap:** é o estilo musical Rhythm and Poetry, que traduzido para o português significa Ritmo & Poesia. Surgiu no final do século XX entre

– Hip Hop? Não é aquela fita que seu primo curte, Douglinhas?

– E eu sei lá, João. Meu negócio é o funk. Tá tirando?

– O meu também, Douglinhas, noiz é favela. Mas dessa vez vamos ter que estudar. Se a gente quiser jogar um verde[97] pra cima das mina temos que estar sabidos. Demorou?

DOUGLINHAS, PRIMEIRO VIDA LOKA DA HISTÓRIA

19 DE FEVEREIRO DE 2009. Desde ontem, estamos pesquisando sobre o Hip Hop. Começamos trocando ideia com a minha coroa porque eu achei que ela ia ajudar. Mas, infelizmente, ela disse que essa parada não é futuro pra ninguém. Disse que é melhor largar de mão disso e ir fazer outra coisa. Mó fita... Na hora bateu uma tristeza, entretanto a gente não pode se abalar. Esperamos ela sair para trampar, e nas gavetas do meu pai eu peguei o CD do "Espaço Rap Vol. VI"[98]. Como eu não tenho som em casa, fomos correndo para a goma do Douglinhas.

Assim que chegamos lá, ficamos de quebradinha para ninguém ver e colocamos o CD para tocar. Ouvimos uns dois sons, ficamos balançando a cabeça e absorvendo as ideias. Só fita de mil grau. E, do nada, fomos surpreendidos com a chegada do primo do Douglinhas no quarto.

– Salve, rapa! Licença aqui. Tão ouvindo o que, aí?

Unindo o útil ao agradável ele ouviu um som que já curtia e resolveu colar com a gente para desenrolar umas ideias. O primo do Douglinhas se chama Amarildo, e é um mano preto-nem-tão-preto que nem nóiz. Ele é do Hip Hop e sempre anda trajado de roupas largas e correntes de prata. É bem alto e tem o porte físico de um jogador de bas-

as comunidades afrodescendentes nos Estados Unidos. É um dos quatro pilares fundamentais da cultura hip hop.

97 - **Jogar um verde:** dizer alguma coisa que não é verdade, apenas para obter uma resposta a seu favor.

98 - **Espaço Rap:** uma coleção lançada entre 1999 e 2006 com rap brasileiro.

quete. De cara eu já me identifiquei com ele, porque sempre estava armado com um livro. Eu respondi.

– Espaço Rap volume seis.

– Ooooorra... é memo? Esse CD é monstro! Licença aqui, posso colocar a faixa seis?

– Pode, mano. Coloca aê.

Assumiu o controle do radinho e começou a tocar a música "Um Bom Lugar" do Sabotage. Um som bem louco memo. Sem demora ele já começou a contar pra gente uma pá de história da vida do Sabotage, da favela onde ele vivia e dos raps que escreveu. Quando o Amarildo achou que tava pesando nas ideia[99] e ia sair fora, o Douglinhas me cutucou. Eu entendi o chamado e então começamos nosso ataque.

– Amarildo, peraí, mano. A gente precisa muito da sua ajuda em uma parada.

– Pode crer. O que é? Não vou descolar maconha pra ninguém não, hein?

– Não, mano. A gente nem curte essa brisa. Estamos precisando de ajuda pra impressionar umas minas.

– Vixe... é por amor, então? Essa droga é mais pesada.

– É real, mano. Estamos estudando uns raps pra desenrolar ideia com umas minas da escola. A gente tem pouco tempo pra impressionar elas. Você pode ajudar a gente? Vamos encontrar com elas amanhã.

---

99 - Pesando nas ideia: sendo chato, sendo inconveniente, roubando a brisa.

– Rapaziada, eu até posso ajudar, mas aê, não vou mentir pra vocês. Se vocês querem entender o que é essa cultura vocês vão precisar ter paciência. A história é complexa, cheia de detalhes e muito linda. Tem que chegar pisando fofo[100] e ter respeito. Demorou?

Já agitado o Douglinhas cortou o primo dele.

– E o que a gente consegue aprender em um dia pra impressionar as minas, Amarildo?

– Em um dia, mano? Vixe... Muita treta. O que eu posso indicar pra vocês é escutar umas dez vezes esse CD do Espaço Rap e decorar tudo. Em um dia é o máximo que cês vão conseguir, meu chapa.

A voz da experiência falou e nós seguimos o aprendizado. De tão ansioso que a gente tava, na última noite ouvimos o CD pelo menos umas vinte vezes e decoramos a ficha técnica inteira do CD.

19 DE FEVEREIRO DE 2009. Tic, tac, ainda é oito e quarenta, o relógio na cadeia anda em câmera lenta. A ponto de ter um ataque de nervos repassamos pela última vez nosso plano.

– Assim que o sinal bater a gente corre para os corredores do outro prédio. De lá, dá para ter uma visão geral da fila da cantina. Olhar de águia na fila, tendeu? Assim que elas chegarem nós corremos e começa a parte dois, demorou?

– Demorou.

– Na parte dois a gente vai até o cantinho que elas ficam e começamos a falar dos nossos grupos favoritos em voz alta. Não esquece de intercalar! Eu falo um e você fala outro. 509-E, SNJ,

---

100 - Pisando fofo: pisar cuidadosamente, ter cuidado, chegar na moral.

Ndee Naldinho, Detentos do Rap, Expressão Ativa, Sabotage, Facção Central, Império Z/O, Rappin' Hood, DMN. No final a gente apresenta nossa proposta.

Seguimos friamente o nosso plano e ficamos invisíveis atrás delas até começar a parte dois. Eu, completamente desajeitado e segurando meu Dollynho comecei.

– Então, mano... E aquele som "Oitavo Anjo" do 509-E? Bem louco, né?

As minas olharam pra mim de canto de olho e eu senti que algo de bom poderia acontecer. Douglinhas completou.

– Louco memo, né, mano? E aquele do Ndee Naldinho "Aquela Mina É Firmeza"? Mexe com o coração do vida loka...

O Douglinhas malandro do jeito que sempre foi, terminou de falar já olhando diretamente pra amiga da Bárbara. Mas, para nossa surpresa, ela simplesmente ignorou o que ele falou e sacou do fone de ouvido. Eu olhei para cara do Douglinhas em total desespero e misturei um grito com sussurro.

– O que a gente faz agora?!

Meu parceiro é porra louca, memo. Sem juízo. Ele se ligou que a gente não tinha tempo pra perder e que as minas não iam cair naquela armadilha de boroca que eu inventei. Mexeu a cabeça em direção às minas e seguiu.

– Vamo.

Eu bambeei na hora. Fiquei em choque pelo susto, pela fuga do nosso plano. Vi todos meu sonhos indo pelos ares. Mesmo assim, segui o aprendizado das favelas: jamais abandone seu irmão. Segui ele com as pernas tremendo e quase me mijando. O Douglinhas meteu o loco e se sentou do lado da amiga da Bárbara. Eu me sentei do lado da Bárbara. Ele chegou desenrolando.

– Então, meninas, muito bom dia pra nóiz. Como vocês estão?

A cara que a Bárbara fez olhando o Douglinhas dos pés à cabeça foi pesada. Tipo "quem você pensa que é?"

– Tá bem, tá bem. Uma é a Bárbara, a outra? Qual seria a sua graça?

A mina não se aguentou com a cara de pau do Douglinhas e quebrou o clima de tensão com uma risada.

– Quem sou eu? Por que você quer saber?

– Porque eu sei que você vai adorar me conhecer. Muito prazer, sou o Douglinhas – deu um beijo na bochecha dela e terminou a frase – vim aqui fazer uma proposta pra você...

– Proposta? Sei... Prazer, Douglinhas. Eu sou a Luana.

Eu devia estar com uma gigantesca cara de bunda apreciando a malandragem do meu parceiro. Ele seguiu.

– Posso te chamar de Lu?

– Você acabou de me conhecer e já quer me dar apelido? Metido, não?

– Metido nada, sou inteligente.

– Inteligente? Com essa língua eu duvido muito, meu amigo.

– Duvida, é? E você acha que eu não aprendi nada com os raps? Aqui é Hip Hop até umazora.

O moleque é malandro de verdade. Foi só mencionar Hip Hop que pareceu que uma porta se abriu. Os dois se aprofundaram no assunto e o Douglinhas foi seguindo nosso script de novo. Falou do 509-E, SNJ, Ndee Naldinho... No final do papo, a Luana retomou.

– Mas aê, menor, que proposta era essa que cê falou? Fiquei curiosa.

Puta merda, só de lembrar dessa hora, fico com disenteria. Meu coração balança feito uma montanha russa e eu agradeço a Deus por ter um amigo tão vida loka assim.

– Cê sabe que eu divido quadra com você, né?

– Sei.

– Lembra do que professora falou na última sexta-feira, dos trabalhos? É por isso que a gente tá aqui. A gente quer fazer o nosso trabalho com vocês, né, não, João?

O Douglinhas jogou a bucha[101] pro meu lado, e eu estava mais travado que o Chaves[102] no piripaque. Só gaguejei.

– Si, si... sim!

101 - **Bucha:** problema, situação ruim em que não há como se dar bem.

Quem retrucou meu sim foi a Bárbara, brabona.

– Cês são louco, é? Como a gente vai fazer trabalho com vocês? A gente nem é da mesma série.

– Louco é pouco. Eu estou aqui porque tenho uma informação preciosa. Conto ou não conto para elas, João?

Timidamente só fiz um sinal de positivo com a cabeça. Douglinhas continuou:

– A minha irmã já foi aluna da professora Silvina antes e, na época dela, aconteceu exatamente a mesma coisa. Tiveram que juntar as classes na aula de educação física.

– Tá, mas e aí?

– E, aí, que essa professora não quer ter trabalho em dobro, ao invés dela passar um trabalho para cada turma, ela vai separar a gente em vários grupos na próxima sexta, e vai mandar a gente fazer junto. E com o tema livre.

– HAHAHAHAHA. Abraça! Nunca a professora ia fazer isso.

– Tão rindo, né? Pode rir. Ri mas não desacredita não. Cês não lembram que aconteceu a mesma coisa ano passado? Se vocês querem ter um grupo bom, é pegar ou largar.

Como o Douglinhas já tinha conquistado a mente da Luana, ela jogou pro nosso lado.

– É verdade, Babi. Ano passado aconteceu isso mesmo. Cê não lembra?

Depois que o Douglinhas jogou a proposta criminal, coloquei minha mão por de trás do ligamento da minha coxa com a batata da perna e fiz uma figa. No mesmo momento, as minas estavam cochichando umas coisas uma no ouvido da outra. Voltaram a nos olhar e elas se completaram.

– Tá bom, vai. Nós vamos fazer, sim.

– Mas com o seguinte trato: a gente só faz com vocês se o tema for Hip Hop, certo?

Eu e o Douglinhas respondemos que nem aquele som do Racionais.

– Ohhhhh mas é craro!

Durou poucos segundos o sorriso de todos na rodinha e o sinal bateu. Demos tchau para as minas e fomos em direção à nossa sala. Quando já estávamos chegando, eu dei um abraço forte no meu irmão e agradeci por ele tomar a frente pra realizar meu sonho. Demos pulos de felicidade. Já que o assunto era rap eu parafraseei o Mano Brown e disse orgulhoso em voz alta:

"É loko o bagulho. Arrepia na hora. Óh, Douglinhas, primeiro vida loka da história."

---

102 - **Chaves:** El Chavo del Ocho (Chaves, no Brasil) é um seriado de TV mexicano criado por Roberto Gómez Bolaños. Deve ser daí que vem a gíria "mó chavão" :P

C pít

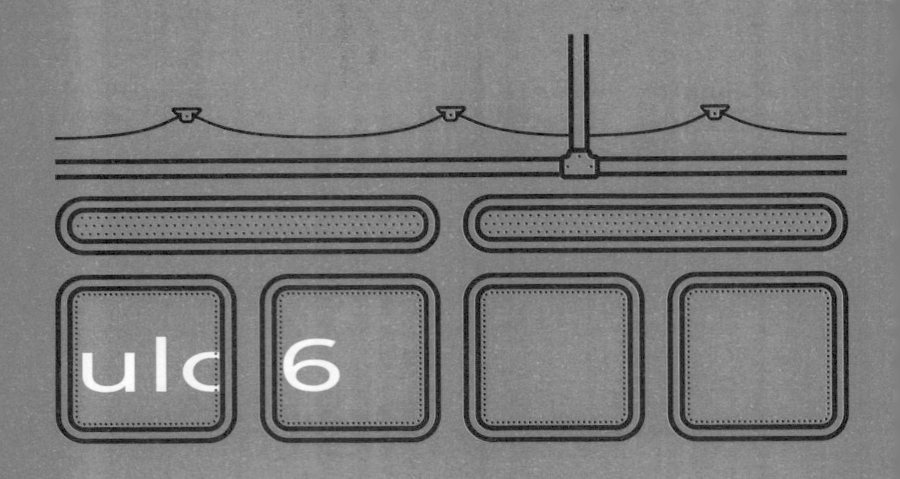

PIXOTE

20 DE FEVEREIRO DE 2009. A noite de quinta para sexta-feira passou em um piscar de olhos. Aguardando a Bárbara e a Luana no corredor que dá acesso à quadra, estávamos eu e o Douglinhas. Ficamos lá somente durante uns dois minutos e sentimos uma energia estranha no ar. Olhei para o lado com o grito do Douglinhas.

– E aí, seu arrombado! Tá vendo meu pé, não?

Nem deu tempo de eu entender o que estava acontecendo e tomei um mata-leão[103]. O Pixote começou:

– Aê, cabelo de bombril. Cê acha que é quem? Presta atenção na sua caminhada, truta. Fica dando ideia na... – interrompido por nossas salvadoras, ele parou de me enforcar.

– Sai daí, Pixote, deixa o moleque em paz!

Arrumei minha camiseta que ficou bagunçada, e quando pensei em perguntar o porquê da agressão a professora veio com o apito em nossa direção. Eu e o

103 - **Mata-leão:** é um golpe de estrangulamento usado nas artes marciais japonesas, realizada pelas costas do oponente.

Douglinhas olhamos pras minas e esquecemos de tudo o que aconteceu. Nosso foco era o plano.

– É agora!

A Bárbara me pegou pela mão e absorvi uma energia etérea em meu corpo. A Luana segurou o Douglinhas pelo dedo mindinho e nos organizamos para o começo do plano. A teoria do Douglinhas foi batata[104]. A professora começou pelos desordenados próximos da porta. O primeiro escolhido foi o Pixote. Reclamando, a legião de alunos escolhidos se uniu. Eles não entendiam nada. Com o riso frouxo o nosso quarteto se olhou e ficamos esperando o nosso momento. A professora nos olhou ainda no modo meu-Deus-do-céu-por que-eu-escolhi-essa-profissão e disse:

– Os quatro últimos aí, para a arquibancada, já.

Com os grupos formados e os lugares escolhidos na arquibancada, a professora começou o discurso pronto que não explicava nada.

– Turma, esse ano as coisas serão diferentes. Esse ano a ideia da escola é fazer a integração de quem está chegando com quem está indo, por isso, vocês deverão fazer um trabalho em grupos misturando as séries.

Antes mesmo da professora terminar o mais brabo do terceiro ano começou.

– Misturar? Eu não vou fazer trabalho com esse bando de pirralho professora, isso vai me prejudicar.

---

104 - Foi batata: uma expressão para quando acontece exatamente como o previsto. Foi batata!

– Baixa essa bola, Pixote. Será assim e ponto. Vou entregar uma folha pra cada grupo e vocês escrevam o tema, o nome de cada um e o número da chamada. O tema é livre e não se esqueçam das normas ABNT[105].

Foi só a professora terminar de falar que começou uma imensa confusão na quadra. Dava para ouvir os gritos e reclamações vindo de todos os cantos – somente não do nosso. Surpreendentemente sorrindo e animada, a Bárbara pegou a folha com a professora e começou a fazer uma arte. Estava escrito "Hip Hop" com uma grafia muito louca. Colocamos nossos nomes e números e entregamos pra professora. Para fechar o plano com chave de ouro, o Douglinhas finalizou.

– Oloko Bárbara. Cê grafita e pixa? Cê é a bixona memo, hein? Chavaiou[106].

Entregamos a folha para a professora e graças ao meu parceiro o meu sonho se realizava. Jogamos bola ainda no dia, e, se não fosse um detalhe tudo estaria perfeito.

O que será que o Pixote ia falar no final? Dando ideia em quem? Qual será a encrenca? Não sei porque, mas ainda não consigo comemorar a vitória em cem por centro. Por que será que o Pixote fez aquilo comigo?

HIP HOP CULTURA DE RUA

08 DE MARÇO DE 2009. Montamos nosso grupo semanas atrás e me enganei achando que teríamos mais intimidade com as minas na escola. Elas sumiram durante o intervalo e pediram pra gente manter distância. Mesmo sem entender o pedido, nós respeitamos isso. Enfim... Depois dessa estranheza, uma boa notícia surgiu. Marcamos de fazer o trabalho na casa da Bárbara nesse último sábado que pas-

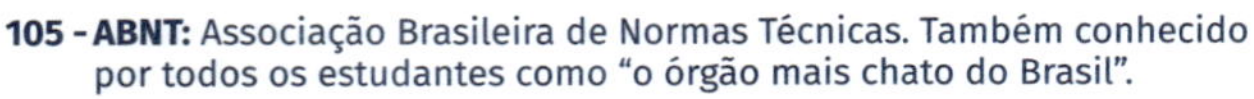

105 - **ABNT:** Associação Brasileira de Normas Técnicas. Também conhecido por todos os estudantes como "o órgão mais chato do Brasil".

106 - **Chavaiou:** mandou bem, fez uma coisa boa, fez o certo.

sou. 07 de março de 2009. O mais novo melhor dia da minha vida.

Antes da gente colar na casa da Babi, o Douglinhas subiu pela favela e passou na minha casa. Como de costume, atravessamos a cidade para chegar no bairro da escola. Andando pelas ruas dos playboys, veio um filme na mente. Pouco tempo atrás, nóiz saímos com as nossas mães para pegar tampinhas de garrafas no lixo. Eram as "tampinhas premiadas da Coca Cola". Nossas mães nos uniram por conta dos prêmios da promoção e o sonho delas: a casa cheia de tupperware[107]. Me alegrei lembrando daquele dia. Até a riqueza em excesso tem lado bom, vai vendo.

Depois da viagem no tempo nóiz chegamos dez minutos antes do horário combinado. 09h50. O tamanho da casa da Bárbara explicou a parte brava da personalidade dela. Era uma camuflagem para a riqueza da família. 09h57. Tocamos a campainha do portão e quem nos recebeu foi o pai da Bárbara, o senhor Edivaldo. Com uma cara mal-encarada, ele parecia ser o chefe da maldade. O jeito que ele nos mediu entregou a cabulosidade da história. Séloko. Um homem alto, musculoso e com tatuagens nos braços. Estranhamente, às 10h00 da manhã, ele estava dentro de casa de bombeta[108] e óculos escuros. A voz grossa anunciou:

– Entra aí, molecada.

Nos primeiros passos dentro da casa, o susto veio com o piso branco. Era tão branco, mas tão branco, que até parecia com o elenco de uma novela da Globo. Em seguida, demos de cara com dois carrões estacionados. Duas naves do ano. Ficamos babando com a ostentação até tomar um acelero:

---

107 - Tupperware: marca especializada em produtos de plásticos, especialmente para utilização, conservação e preparação de alimentos. O sonho de toda dona/dono de casa.

108 - Bombeta: boné, chapéu.

– Vai, anda logo, molecada. Tenho o dia inteiro, não.

Entramos na casa, e com a dimensão de todos os cômodos, sentimos que estávamos em uma mansão. Douglinhas me cutucou com o cotovelo, e faz um sinal com as sobrancelhas. Aquele era o sinal de "que casa de boy, hein?". Aguardamos sentados na sala observando tudo. Quadros, pinturas, e várias obras de arte nas paredes. Umas placas com uns CD's brilhantes em volta, algumas estantes de livros e uma TV gigante. Muitos e muitos discos de vinil.

Finalmente a Bárbara e a Luana chegaram. Nos cumprimentaram e perguntaram se a gente queria água. Como a gente disse que não, o pai da Bárbara voltou a falar.

– Então, molecadinha, é o seguinte, a Babi me contou que vocês estão precisando de uma ajuda com um trabalho na escola, eu vou ajudar vocês no comecinho, mas depois preciso sair fora. Chega aí, me acompanha.

Indicando um caminho com a palma da mão, ele pediu que a gente passasse. Pegou a chave para o novo recinto e abriu uma porta espessa de madeira, revestida por uma espuma antirruído. Quando entramos, ele fez o movimento contrário e cuidadosamente fechou a porta. O ambiente inteiro se calou como num bunker[109].

– Sejam bem-vindos ao meu estúdio. É aqui onde a magia acontece. Puxa uma cadeira aê, é só não arrastar que está em casa. Demorou?

Todos fizemos um sinal de afirmação com a cabeça. O ambiente, com equipamento da melhor qualidade, era consideravelmente luxuoso. Espaço grande, cadeiras confortáveis, carpete, e até mesmo um frigobar.

109 - **Bunker:** é uma estrutura fortificada, parcialmente ou totalmente construída embaixo da terra, feito para resistir a projéteis de guerra.

– A Babi me disse que vocês vão fazer um trabalho sobre hip hop, certo? O que vocês querem falar?

Eu devo ter ficado com uma expressão de medo, o Douglinhas me completou com uma cara de interrogação.

– Eu queria falar sobre a parte mais histórica do hip hop – a Luana puxou o bonde.

– E eu queria falar da parte mais política – a Babi respondeu.

– Certo... Certo. Então para esse trabalho o jeito que eu posso ajudar é com a minha vida, morô?

Na hora eu pensei, "Vixe tio, que sua vida tem a ver? Tá moscando?" Mas em hipótese alguma eu falaria isso para o senhor Edivaldo. Imagina ele puxa nossa capivara[110] e descobre que somos dois farsantes?

– Faz um dez aí[111] que eu vou pegar uma paradinha.

Em poucos minutos, Edivaldo estava de volta, munido de alguns discos que pegou da coleção pessoal.

– O que eu quero falar com vocês é o que eu vivi. A história do Hip Hop no Brasil. O que eu queria mostrar para vocês é a história através da música mesmo. Separei uns discos aqui que marcaram época, vou colocar para tocar e a gente vai trocando uma ideia.

Edivaldo pegou o vinil da capa amarela, tirou da embalagem e colocou no toca-discos.

– Esse primeiro som que vou mostrar para vocês, é a primeira música que eu e vários outros maloqueiros ouvimos. Foi bem na

---

110 - Puxar a capivara: puxar a ficha de uma pessoa, o histórico dela.
111 - Fazer um dez: esperar um tempo, ficar na moral.

época que o hip hop chegou aqui no Brasil, é a música "Corpo Fechado", de Thaíde e DJ Hum. Essa música está numa coletânea chamada "Hip Hop Cultura de Rua". Não vou ficar falando muito, se liga aí:

"Me atire uma pedra
Que eu te atiro uma granada
Se tocar em minha face sua vida está selada
Por tanto, meu amigo, pense bem no que fará
Porque eu não sei, se outra chance você terá"

O som bateu forte na nossa moleira. Assim que acabou, olhei para o pessoal e disse.

– Bem louco, hein? Até me lembrou os sons de nego véio que meu pai escutava. Uma memória boa...

– O seu pai devia ser um dos meus, moleque. Mas, aê, não se esquece: não é só porque é daora que não é estudo. Conhecimento também pode ser legal, menor. Anota as coisas que eu vou falando ai!

Edivaldo seguiu o fluxo e foi nos mostrando mais discos.

– Se liga, hein, molecada, esse aqui é puro ouro. "Consciência Black, Vol. I". Foi esse disco que projetou a carreira dos Racionais MC's. Eu vivi isso de perto, né? Então acho que não preciso nem dizer nada...

"Então quando o dia escurece
Só quem é de lá sabe o que acontece
Ao que me parece prevalece a ignorância
E nós estamos sós
Ninguém quer ouvir a nossa voz"

HI
HOP
CULT
DE RUA

O som do Racionais trouxe apreensão e reflexão. A letra era forte e marcante. Me lembro até que ficamos um pouco cabisbaixos[112]. Na tentativa de descontrair um pouco o clima a Bárbara retomou:

– Tá vendo, é por isso que a gente tem que estudar o hip hop, é porque ele faz a gente pensar. Quem sabe de onde veio, sabe para onde vai.

– É quente, filhota. Agora só para passar uma visão daora pra vocês, vou tocar o último som antes de sair de casa. Essa daqui é a MC Sharylaine, uma das primeiras minas do RAP que também está no "Consciência Black Vol. I". O nome desse som é "Nossos Dias". Se liga.

"Ritmo e poesia, eu traço muito bem
O RAP se baseia em: pensamentos muito além
Consciência enfim e relação leal
Que mexe com o mundo relatando a moral
Verbal, geral, social
Sem machucar sem insistir
Só para ajudar não querendo agredir"

Ao terminar a música Edivaldo foi retirando o vinil do toca-discos, arrumando o apanhado de álbuns que ele pegou, mas não pode mostrar. Deixou os discos separados na cadeira e falou:

– Babi, o pai precisa ir agora. Quando terminar, tranca o estúdio. Só não zoa o barraco, tá bem?

– Tá bem, Edi. Vai com Deus, bom show.

Eu e o Douglinhas nos olhamos tipo: "Quê? Bom show?".

---

112 - Cabisbaixo: de cabeça baixa, moralmente abatido, desanimado.

– Senhor, senhor. Espera aí! Desculpe perguntar, mas por que o senhor vai sair? Cê vai para onde?

– Elas não te contaram, né, Douglinhas? Deixa no gelo que é melhor.

Do lado de fora estava uma van preta buzinando para o Edi entrar. Ele saiu fora e deixou conosco a curiosidade. Sem ao menos esperar o pai embarcar na van a Bárbara voltou para o foco do nosso trabalho.

– Vamos lá pessoal, vamos começar a colocar a mão na massa agora. Hip hop: quem começa a contar a história?

Olhei para o Douglinhas, o Douglinhas me olhou. Ficamos com cara de boneco de posto e a nossa mixa[113] caiu. A gente não conhecia nada além do Espaço Rap.

– Peraí! Vocês dois ao menos sabem o que é hip hop, né?

O silêncio foi constrangedor. Seria ainda maior se eu não seguisse meu coração.

– Babi, agora que seu coroa saiu eu posso ser sincero com você? Eu e o Douglinhas nem somos fã de rap. A nossa parada é o funk. A gente fez tudo isso só porque eu queria me aproximar de você.

Quando a Babi ia começar a falar alguma coisa eu voltei.

– E eu posso ser mais sincero ainda? Eu comecei a gostar de rap só por causa de você... Desde aquele dia que eu te entreguei o bilhete, lembra?

113 - Mixa: chave falsa, gíria para mentira.

Um climão tomou o estúdio e todo mundo ficou quieto. Me salvando, Douglinhas voltou com os pés no chão.

– É isso aí memo, Babi. Isso tudo porque você foi lá no baile da quebrada. Você não é do rap?

– Vixe, que tem a ver? Uma coisa não anula a outra, Douglinhas. Sou do rap e do funk.

Eu fui ignorado. Fiquei com vontade de esconder minha cara que nem uma avestruz. Disfarçando meu fracasso fiz outra pergunta.

– E o que que tem a ver, Babi? O funk e o rap não são nem parecidos.

– Como assim, João? São quase irmãos!

– Irmãos? Em que mundo?

– Tá bem, já entendi. Vamos começar pelo trabalho de base. Me diz, como você conheceu o funk?

– Ah... Eu conheci por causa da minha quebrada. Toca muito lá.

– Certo. E você sabe como o funk nasceu? Pode contar do seu jeito, sem pressão.

– Ah... O funk nasceu porque é jeito da favela de fazer música. A batida do tamborzão é que nem nosso peito. O povo se identifica. As letras são dos assuntos que a gente vive, fala desde o amor até o cotidiano do crime. É bem misturado. Mas o que mais importa é a energia de quem tá cantando. Dá pra sentir a favela na voz. O funk nasceu pra ser a música do povo pro povo.

– Certo, João, falou muito bem. Agora deixa eu tentar fazer uma conexão entre o funk e o rap. O Hip Hop começou lá na década de 70, nas quebradas dos Estados Unidos.

– Olha você no erro, Estados Unidos só tem playboy. E vai ter quebrada lá? Duvido!

– Douglinhas, em qualquer canto do mundo tem quebrada, não bate a nave[114]. A diferença só é o jeito de chamar. No Estados Unidos, eles chamam de gueto. Mas, enfim, deixa eu voltar para o que importa... O hip hop nasceu exatamente que nem o funk. Música do povo pro povo. Dos oprimidos que só querem curtir a vida. No começo foi só uma festinha no bairro, para as pessoas pararem de se focar tanto em morte e problemas. Agora me diz, João, você não cola no baile para esquecer dos problemas?

– Colo sim, Babi.

– Já temos uma coisa em comum aí... E depois com o passar do tempo o hip hop cresceu. Levando felicidade e consciência para o povo. As mesmas músicas que fizeram o pessoal dançar, contaram histórias da realidade. E foi através da consciência que o povo evoluiu. Agora, posso te falar o que mais vejo de parecido entre o funk e o rap?

– Uhum...

– Todos têm uma história para contar, João. TODO MUNDO PODE FAZER ISSO. Presta atenção na letra. Pode ser a coisa mais boba, mas sempre é uma história sendo contada, sabe? Então se você gosta de funk, você pode gostar de rap, de livro, de quadrinho, das aulas na escola... Tudo é história, João.

---

114 - Bater a nave: vacilar, capotar de sono, apagar. Normalmente usado quando a pessoa já está chapada e acaba dormindo por causa do grau em que está.

– É quente... Mas até agora eu não entendi uma coisa, Babi. Qual a diferença entre rap e hip hop?

A Luana que respondeu minha pergunta.

– João, o hip hop é uma cultura. O rap faz parte dessa cultura, é um dos quatro pilares. Sendo eles, O dj, o mc, o grafite e o break. A história começou com um DJ fazendo festa numa garagem, e através de anos de luta e conhecimento se tornou uma cultura que dominou o mundo todo. E por isso a gente escolheu fazer esse trabalho. Para falar da beleza dessa história.

Meus olhos foram marejando ao passo que eu me identifiquei. Eu senti que tudo é um ciclo, que sempre estamos unidos por nossos sorrisos e lágrimas. Me dei conta de que as coisas que unem a gente são bem maiores do que as coisas que nos separam. Olha o tanto de coisa em comum, mano... Logo após fomos nos aprofundando no assunto, conversando e pesquisando.

Quando estávamos finalizando a bibliografia[115], olhei para o relógio do estúdio e tomei um susto. Meu Deus, já eram 16h17! Eu precisava tomar uma atitude, talvez fosse a última oportunidade. Inventei qualquer desculpa e chamei o Douglinhas para ir buscar uma água comigo na cozinha. Assim que saímos do estúdio eu já falei.

– Mano, a mãe da Luana disse que vem buscar ela 16h30. Eu preciso correr! O que eu faço?

– Correr pra onde, mano? Tá doidão? Se acalma, vamos ali tomar um copo d'água e você me explica.

Passando pela casa, sentimos de novo a mistura de desconforto com apreciação. Uma vontade de querer ser rico

115 - Bibliografia: é a fonte de onde se retira uma determinada informação.

e ao mesmo tempo roubar tudo o que a gente viu. Enfim, não deu para filosofar muito porque eu estava com um crime em mente. Peguei um copo d'agua. Tomei rapidamente. Logo em seguida eu falei para o Douglinhas:

– Mano, eu tô completamente seguro e inseguro ao mesmo tempo.

– Vish, doido, por quê?

– Eu não sei, mano. Cê conseguiu sentir o clima no ar?

– Que clima? Tá calor aqui, mano, muito prazer, aqui é Brasil.

– Não, mano! Eu tô falando sério. Essa pode ser a minha única oportunidade. Depois que a gente começou a ouvir os sons, a conversar, a Babi começou a ser mais carinhosa comigo. Eu tô sentindo que hoje é o dia, mano.

– Você quer chegar nela, mano? Só porque ela tocou na sua mão? Tá carente, hein, tio?

– Não é hora de me zoar, mano.

– Tá bom. Eu posso ser sincero para você me ignorar, ou tenho que ser falso para você me ouvir?

– Fala o que cê realmente pensa, mano!

– Mano, nóiz somos três anos mais novos que as minas. Elas acham que somos bebês. Se você quer ter alguma chance, tem que impressionar, mano. O que eu posso dizer é: vai que vai. Mas não perde o respeito com a mina.

Concordei com o ponto de vista do meu aliado e de olhos fechados pedi uma luz divina. Orei pra Deus e pro Goku[116]. A chance era uma em um milhão, mas se eu ficasse inseguro nada ia dar certo mesmo. Fazer o que se o maluco não estudou? Terminei meu segundo copo d'água e eu segui mais focado que os japonês do ping pong.

Estávamos sentados na sala esperando o tempo passar. O trabalho estava finalizado. Conversa fluindo, sorrisos distribuídos aos ares, e o tempo passando. A cada instante eu sentia mais forte dentro de mim o chamado. "Zica, vai lá". 16h27. A campainha tocou. Babi se levantou para ver quem era, e o meu chamado para o ringue foi anunciado pela voz mais angelical possível.

– Gente, a mãe da Luana chegou!

O Douglinhas subiu as sobrancelhas pro meu lado e sentiu o desespero. A Luana saltou do sofá e foi em direção ao estúdio pegar a mochila. Sem pensar direito, sem dar tempo da Babi voltar do portão, o Douglinhas sussurrou.

– Fica aqui enrolando que eu vou com a Luana pro carro.

O tempo dele terminar a frase foi o tempo que a Bárbara voltou para a sala. Assim que ela chegou, a Luana voltou também. Douglinhas se levantou, me deu uma bicuda para tomar meu rumo e disfarçou.

– Vamos, Lu! O João só tem que pegar umas coisinhas que ele separou e já vai encontrar com a gente.

O tempo era curto, eu não tinha muita chance de firula e nem de enrolação. Fingi que estava pegando qualquer coisa no chão até só restar eu e a Babi na sala. Eu disse.

116 - Goku: Son Goku é o protagonista da franquia Dragon Ball, criada por Akira Toriyama.

– Babi, desde o dia do bilhete, a minha vida é pensar na sua inteligência e no seu sorriso. Eu queria te dizer que você é a mulher mais linda dess...

Ela colocou o dedo indicador no meu lábio, deu um sorriso de canto de boca e se aproximou devagarzinho. Disse baixinho no meu ouvido.

– Não precisa explicar. Sente.

Meus lábios levemente se curvaram, e as pontas do meu pé se elevaram do chão. O calor do corpo dela se aproximou e eu me entreguei. Nossa cútis[117] virou uma só, e juntos, selamos a carta do meu sonho de anos e anos. Curto, singelo e condensado de paixão. O selinho foi a porta de entrada para o mundo dos sonhos. Eu guardo essa memória no meu conste-lar.

07 DE MARÇO DE 2009. O mais novo melhor dia da minha vida.

---

117 - Cútis: a pele do rosto; tez.

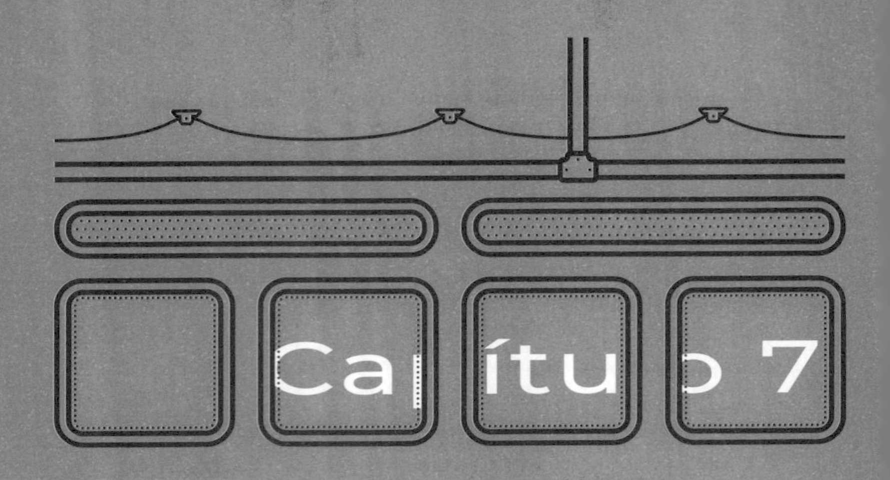

Capítulo 7

AMOR PRISIONEIRO

10 DE MARÇO DE 2009. Terça-feira, 09h36. O que resta do meu coração vai ficar preso nesse caderno. Tudo que já fui ficará preso nessas linhas. O que me resta da vida é igualzinho o cheiro desse banheiro, em que sentado, eu me humilho. A vida é uma tragédia onde não existe vencedores. Ontem, retornou a sucessão de desgraças da minha vida. O chamado que me causou medo veio na quinta aula de segunda-feira. Fui obrigado a sair da sala pois minha mãe confirmou a informação. Sandra Mara, a minha irmã mais velha, foi apreendida e levada para o 3ºDP[118] de Diadema.

> ***Art. 12. Importar ou exportar, remeter, preparar, produzir, fabricar, adquirir, vender, expor à venda ou oferecer, fornecer ainda que gratuitamente, ter em depósito, transportar, trazer consigo, guardar, prescrever, ministrar ou entregar de qualquer forma, a consumo substância entorpecente ou que determine dependência física ou psíquica, sem autorização ou em desacordo com determinação legal ou regulamentar;***

118 - **DP:** distrito policial.

Sandrinha virou estatística. Junto de 70% da população carcerária feminina do estado de São Paulo, ela caiu no B.O.[119] por conta do parceiro. A paixão que começou na favela por causa da meiota transformou a minha irmã em mula[120] de cadeia. Não deu outra. Amor não existe e amar é para os fracos.

Cada infernal segundo da minha vida é minucioso na escolha da derrota. Não bastasse o trauma que eu e minha mãe enfrentamos no dia de ontem, hoje, a minha idiotice me levou para a escuridão do abismo. Agora, sentado no mijo desse banheiro podre, fez total sentido o pedido da Bárbara. Não era pra eu procurar por ela. Seguir meu coração só me leva para caminhos em que um idiota já foi. Tentei buscar refúgio nos braços da minha paixão e o que eu encontrei? A verdade. Um soco diagonal que esmagou a minha face e me estraçalhou depois.

O erro foi meu. Como é que eu fui idiota o suficiente para acreditar? A verdade é que a privacidade de ninguém deve ser violada. Fui procurando por todos os cantos da escola, e encontrei-a no que era o habitat do Feiticeiro. Só que ela não estava só. O abraço dos dois explicou tudo o que eu jamais havia entendido.

O rosto que me encarou friamente no dia que entreguei o bilhete, os braços fortes que me sufocaram com o mata-leão. A face que se virou em minha direção ao finalizar o beijo, e sorriu, maquiavelicamente brindando a minha desilusão. A Bárbara estava agarrada com o Pixote, que juntos, exalavam o mesmo cheiro desse banheiro. Podridão.

Depois que me deparei com a cena fui obrigado a correr para o banheiro. Depois de vomitar, eu vim jogar meu coração no ralo. Sou o coração falho de meu pai, sou o feto dos meus irmãos que não nasceram. Um punhal de prata corta minha essência e eu entendo o que resta pra mim. Felicidade para o mundo, e pra mim discórdia. O destino da vida

---

119 - B.O.: iniciais de "boletim de ocorrência", quando dito na gíria significa alguma merda aconteceu ou vai acontecer.

120 - Mula: pessoa que transporta clandestinamente drogas de um ponto até o outro (normalmente dentro do próprio corpo).

dos pobres é ser prisioneiro do passado. Tudo o que um dia foi sonho, no futuro se tornará desilusão.

ARROZ QUEIMADO

16 DE MARÇO DE 2009. A vida é uma senhora sádica que se delicia com coincidências pontuais.

Por querer enterrar meus traumas no passado, não vou escrever uma palavra sobre a semana que se passou. O meu encontro com tuas folhas, caderninho, é para falar do tangível[121], para agradecer o volátil. Ainda há esperança de que a vida valha coisa alguma, por isso eu celebro o aqui e o agora. O instante é o nosso único presente.

Voltei a ler como antídoto dos meus dias de tristeza. Hoje à tarde, eu preparava arroz e lia "Mayombe", do Pepetela. Achei curioso o fato. O que eu chamo de "**preto-nem-tão-preto**" Pepetela descreveu como "a **cor do talvez**". Vou adotar essa poesia pra mim daqui pra frente. O telefone tocou. Inseri meu marca página no livro, abaixei o fogo da cozinha e me levantei para atender. A voz que do outro lado era impositiva[122]. Sem esperar requisitou.

– Por favor, eu gostaria de falar com João Victor.

– Sou eu. Quem gostaria?

– João? Oi, João, era com você mesmo que eu queria falar! Tudo bem?

Sinceramente eu não fazia ideia de quem estava do outro lado. Respondi confuso.

– Oi... Sim, tudo bem. Mas quem é que está falando?

---

121 - Tangível: que se pode tanger, tocar; sensível, tocável.
122 - Impositiva: que consegue se impor, que tende a dominar.

– Ah, me desculpe a falta de educação. Aqui quem fala é a Liege, João. A moça do hotel que te entrevistou, há dois anos, você lembra?

Meu coração que já havia desistido de pulsar, bateu forte ao me recordar de toda a situação.

– Oi, Liege! Me lembro, sim. Com toda certeza. Tudo sim, e com você?

Conversamos por alguns minutos e ela foi relembrando em detalhes a minha entrevista. Finalizou com a proposta.

– João, te liguei por um motivo certo. Lembra do meu combinado? Eu prometi que te ligaria quando você fizesse 14 anos. Agora, você pode trabalhar como menor aprendiz aqui com a gente. O que você acha?

A minha confusão não foi maior do que minha vontade de fazer dinheiro. Ainda não havia completado 14 anos, mas não me importei. Aceitei sem hesitar. A necessidade de um novo horizonte foi tanta que eu começaria na empresa mesmo que ilegalmente.

Por fim, a Liege explicou as obrigações que eu deveria cumprir e os documentos que precisava levar.

– João, vou repetir para ficar bem certo. Lembre-se que não vai ser no Hotel Pampas. A vaga é para outro hotel, onde eu fico. No bairro de Pinheiros, em São Paulo. Anote o endereço. Rua Oscar Freire, 1942. Esteja aqui às 14h00 da quarta-feira.

Assim que vi o telefone de volta no gancho, consegui encontrar um pouquinho de paz na minha visão periférica.

Em um lugar rodeado pelo tráfico, desigualdade e falta de oportunidade, eu ainda era capaz de sonhar. Meu coração, mesmo que dolorido, sentiu a notícia como um analgésico. O pequeno vai trabalhar na cidade grande. Sutilmente fechei meus olhos, agradeci pela oportunidade. Uma única lágrima rolou pelo olho direito.

Assim que comecei a ficar feliz, o cheiro do arroz queimando me puxou de volta para a realidade. Vitória de pobre é conseguir emprego. A nossa poesia carregamos na pele. Para o Pepetela é **cor do talvez**, hoje, entendi que sou arroz queimado.

TOPONÍMIA

05 DE SETEMBRO DE 2009. Toponímia é o estudo dos nomes das ruas. Uma divisão da onomástica[123] que estuda nomes geográficos, ela é responsável por compreender as nomenclaturas dos lugares, os porquês de sua origem e como se deu sua evolução. Eu acho muito louco como as oportunidades transformam a vida das pessoas. Ao ficar muito tempo perto dos boy, me tornei toponímico.

Peço perdão pelo vacilo, meu querido caderninho. Como esses meses têm sido puxados, o sumiço foi inevitável. Depois das férias de julho a desgraceira tomou conta. Durante os intervalos da escola, a minha ânsia de vômito é colocada à prova todo santo dia. A Bárbara e o Pixote assumiram de vez a relação.

Mesmo que me destroçando, o trabalho ajuda a esquecer meus demônios. Me mantive vivo fazendo bicos até nos meus dias de folga. Essa é a maneira do pobre fugir da depressão. Entretanto, jamais te abandonarei, meu camarada. O trabalho por si só não dá conta de curar minha alma. Com o tempo e os livros venho me descobrindo. Sem poesia falta energia pra vida e, sem a escrita, não há motivos para continuar. As tuas linhas são os abraços que meu

123 - **Onomástica:** é o estudo dos nomes próprios de todos os gêneros, das suas origens e dos processos de denominação no âmbito de uma ou mais línguas ou dialetos.

pai não me deu. Contigo, entendi que é a palavra que nos salvará.

Consciência de classe é uma merda. Trabalhar nesse hotel me obrigou a refletir sobre a vida. Me obrigou a pensar. Um exemplo prático: os funcionários todos se parecem comigo, mas os clientes... Esses parecem que são de um mundo onde ninguém sofre, um mundo onde não existe calo nas mãos. Eu trabalho na Rua Oscar Freire, a maior rua de comércio de luxo de São Paulo. O hotel é branco, imponente, e tem vinte andares reluzentes. A minha primeira impressão ao ver o hotel foi instintiva. "Quem será que limpa isso tudo?". Com o tempo eu descobri que a resposta está em nós.

Desde meu primeiro dia de trabalho, sinto medo, tenho a impressão que a cidade vai me destroçar. Sinto que o peso dos prédios me tira a força, sinto que o concreto de São Paulo me esmagará. Dos trabalhadores do hotel, na verdade somos trabalhadoras. 90% das funcionárias são mulheres. Com elas, no dia a dia faço faculdade de empatia. Homens, somos só três. Eu, o Lourivaldo e o Piauí. O Piauí nunca me proferiu mais que duas frases. Já o Louri, eu considero como um irmão mais velho.

Louri é o típico herói da pivetada de qualquer quebrada. Sempre que vê alguém precisando de ajuda, larga tudo o que tem para fazer e corre para ajudar. Um moleque sorridente com o coração do tamanho do mundo. O Louri é exatamente como eu, é a descrição do Pepetela. A "cor do talvez". A pele dele é cheia de pequenos caroços e ele é bem baixinho. Musculoso, o meu "irmão mais velho" é um anão bombado.

No começo dos meus tempos no hotel, fiquei ajudando o Louri com as tarefas do dia-a-dia. Organizar estoque, subir caixa, colar papel de parede... Coisas essencialmente chatas. Contudo, ao lado do Louri as coisas eram subvertidas. As palavras humildes somadas ao bom humor faziam até raspar uma parede ser algo espetacular.

Durante a rotina de trabalho eu frequentemente fico para baixo. Desabafo sobre a Bárbara, sobre a saudade do meu pai e sobre a prisão da minha irmã. Curiosamente, tudo isso é pretexto para o Louri me tirar do abismo. Sempre com uma atitude pura, ele me dá uns petelecos na orelha e tudo se resolve com nosso sorriso torto. O Louri me ensinou que adversidade se vence com agradecimento. Poucos livros me ensinaram tanto.

Com a história do Louri eu entendi a preciosidade do agradecer. Em um dia qualquer a gente começou a conversar sobre a vida. Pintando os corredores do hotel, ele me contou tudo que aconteceu. Ainda quando era feto, acompanhou a fuga da mãe do nordeste. Como retaliação da facção criminosa inimiga, três homens abusaram da mãe dele em um matagal. Chegou em São Paulo e foi direto para a favela do Helipa[124]. Fruto de uma tragédia, sem pai, sem casa e sem família. Sozinho, ele vive desde os treze anos de idade. Data de quando a mãe se foi e ele teve que começar a trabalhar.

O sorriso inabalável do Louri é ensinamento profundo de vida. Pra que comparar a sua desgraça com a desgraça do outro? Sempre haverá aquele que perdeu mais, aquele que sofreu mais. Não é preciso lamento, mas sim entendimento da vida. O que importa é o que nós fazemos com a história que nos molda. Quando o assunto é vida não existe desigualdade. Todos temos uma só. Devemos sorrir, agradecer, e buscar o melhor todo santo dia. O ensinamento do meu irmão mais velho veio em forma de mantra. Todo dia é dia de sorrir, é dia de agradecer, é dia de ser melhor. Todos somos capazes de mudar a nossa história. TODO MUNDO PODE FAZER ISSO.

124 - Helipa: apelido do Heliópolis. Bairro localizado no distrito de Sacomã, na Zona Sul da cidade de São Paulo.

OSCAR FREIRE
RUA OSCAR FREIRE

Por que eu vim parar aqui mesmo? Esse pensamento profundo roubou minha brisa. Ah, sim! Eu vim para falar dessa fita que eu li no livro. Toponímia.

Sabe, tem meses que eu tô nessas de dar um trampo, de ler mais, de ouvir um RAP. Para curar as feridas da minha alma eu estudo, eu tento ser uma pessoa melhor. Mas aquela fita de consciência de classe me deixou bravo. Pensando bem, o que eu ganho com isso? No lugar onde eu cresci as pessoas não têm tempo pra parar e pensar quem elas realmente são. É sempre preocupação com conta, filho, morte, desgraça. Nunca existe um tempo pra refletir. Nunca existe um tempo para você. Absorvendo o meu trampo, a cidade, estou sentindo uma mudança dentro de mim.

Quando entrei para trabalhar no hotel, eu nem reparei que a maioria das camareiras tinham aquela "**cor do talvez**". Eu não tinha pensado que todos parecem da minha família aqui. Mas aí chegou a música. Voltaram os livros. Vieram as letras. Ouvindo as ideias eu tento entender. O que existe além da minha quebrada é um mundo cheio de desigualdade. Um mundo que a TV não vende.

Por que nenhum trabalhador do hotel mora no bairro do hotel? Por que a gente demora duas, três horas pra chegar em casa? Por que a maioria das pessoas que limpa o hotel tem a "**cor do talvez**" e a maioria que suja o hotel é branca? Por que saber de toda essa desigualdade me dá vontade de largar tudo? De parar?

Alguém aqui sabe que a maior rua de comércio de luxo de São Paulo tem o nome de um nordestino? E Teodoro Sampaio? Outra rua famosa de Pinheiros que homenageia um nordestino da "**cor do talvez**".

Sem contar a tal da Rebouças, né? Rua Sérgio Fleury. Rua General Milton Tavares de Souza. Rua Henning Boilesen. Rodovia Anhanguera. Rodovia Raposo Tavares. Rodovia Castelo Branco[125]. Qual é a história dessas ruas, São Paulo? Qual é a brisa de apoiar torturador?

Agora o que eu faço é andar pela cidade e questionar o que acontece à minha volta. Faço isso no trabalho, faço isso em casa, faço isso na escola. Estou buscando consciência. Mas sei lá... Cada vez eu mais me sinto triste e sozinho. Tô sentindo que isso tudo de conhecimento só me trouxe o banzo[126]. Ó lá, mais uma vez uma palavra que se eu usar na minha quebrada os moleque vão me zoar...

BILHETE ÚNICO

18 DE NOVEMBRO DE 2009. "Dá pra pegar... você não vai pagar mais vinte e seis reais de taxa nem fudendo".

Bolso de pobre é foda, fala mais alto até que o coração. E eu vou fazer o quê? Estou seguindo os ensinamentos do Louri: agradece e dá risada.

Projetei meu corpo em direção à escuridão e consegui enxergar o buraco gradualmente[127]. Inclinei minha cabeça dentro do abismo e tentei encontrar meu tesouro. Minha teoria se confirmou: o bilhete estava no fundo do poço! Uma coragem maligna adentrou meu peito e meu instinto gritou "pula". Me segurando com um braço na plataforma, tentei esticar o corpo e buscar o tesouro na escuridão. Mas era a brecha que o sistema queria... Aí já era. Me desequilibrei e, com sorte, dei uma cambalhota pra cair de pé. O meu corpo se ajustou no pequeno vão entre o trem e a plataforma. Olhei para a esquerda sem saber o que fazer. Era a luz no fim do túnel.

– Nããããããão – cortando o vento, uma voz feminina gritou.

A negação em forma de grito veio do fundo da plataforma. Por conta da distância, a voz chegou demorada e

125 - Todos são péssimos ícones da história brasileira. Não vale citar o que fizeram, mas é importante entender para que não se repita.

126 - **Banzo:** como se chama o sentimento de melancolia/saudade em relação à terra natal dos africanos que vieram para o Brasil escravizados.

127 - **Gradualmente:** gradativamente, aos poucos.

áspera. Esbarrando com o medo da minha morte, a voz caminhou pelos vazios da estação, a passos largos, e roubou a minha brisa. A voz bateu forte. Tomou minha consciência, meu coração e os meus ouvidos. Eu, no auge da minha idiotice, estava caído no vão da plataforma tentando pegar meu bilhete único. Em que raios de mundo essa ideia fez sentido na minha mente? De onde eu achei que daria certo pular na linha do trem? O que era a esperança de economizar dinheiro se condensou em adrenalina. Meu pé torceu, minhas mãos suaram, e até mesmo o meu maxilar tremia. O chão de concreto balançava, e nos meus olhos, chegou a luz cintilante[128] do trem. O grito da mulher foi o gatilho.

Na proporção que a luz do fim do túnel adentrou a minha íris[129], foi que tudo se confirmou. O meu corpo pequeno estava contra a imensidão de um trem em velocidade. A cena não é ficcional, caderninho. Por uma atitude idiota, eu ganhei um encontro certeiro com a morte. Poucos centímetros do meu pé direito estava o trilho, estralando 750 volts, prontinho para me matar. Acima da minha cabeça, bem longe, estava o piso da plataforma. Tentei encontrar uma saída da situação, mas o que eu senti foi um puxão no pé. Veio direto do mundo dos mortos. Por fim, vinha o trem com toda velocidade em minha direção. Senti o tempo parar. Fechei os olhos e fui desenrolar umas ideias com Deus.

"Orra, meu mano. Sério que uma bobeira dessas vai me levar embora? Tô vendo aquela luzinha vindo do fundo. Em câmera lenta. Sério mesmo que morrer é essa badarosca aqui? Ver todas as cagadas que a gente fez na vida e simplesmente ficar travado? Eu não acredito, parça. Eu não fiz por mal, não queria me matar. O senhor não vai me mandar pro inferno, né? Eu só queria voltar para casa com meu bilhete. É mó máfia pra fazer uma segunda via. É tiração demais, meu Deus. Serião que eu vou passar de um

128 - **Cintilante:** que emite intensos raios luminosos. Que é vivo, intenso, cintilante.

129 - **Íris:** a parte mais visível (e colorida) do olho. Tem como função controlar os níveis de luz.

plano pra outro de uma maneira tosqueira assim? Eu não acredito, não. Antes de partir me deixa dar um salve em todo mundo, pelo menos um abraço, vai? Nunca te pedi nada..."

Eu nem sei explicar o que aconteceu. Só me lembro do trem desviando abruptamente do meu corpo no final da oração. Assim que eu estava chegando nos pensamentos finais, um anjo – ou demônio [escolha o que quiser] – puxou meu braço com força e rapidez, e me tirou do buraco. De olhos fechados, eu ainda aguardava a pancada do trem, pronta a findar minha vida. Mas não era o momento. Nem pra morrer eu prestei.

E é no meu fracasso que mora a beleza da vida. O rombo financeiro dos vinte e seis reais foi uma grande perda no meu salário de jovem aprendiz, porém, eu tenho certeza que nenhum dinheiro do mundo pagaria essa coincidência. Minha desgraça virou minha salvação.

No momento em que eu caí, uma cadeia sincrônica de trens teve que parar. As linhas que costuravam a cidade não planejavam atrasos, e isso afetou o cotidiano de milhares de pessoas. Lembra do lance da amnésia dissociativa? Então... Depois de todo o susto, eu só voltei a enxergar de novo dentro do trem. Sentado com o vagão em movimento, eu senti umas gotas de xixi na minha calça. Mancharam o cinza do uniforme. Minha cabeça ainda estava zonza[130] com o acontecimento, e meu braço dolorido por conta da força do guarda. Pessoas passando em minha volta, uma barulheira sem fim. Voltei um pouco ao meu estado de entendimento quando a moça do metrô anunciou "próxima estação Ana Rosa, desembarque pelo lado esquerdo do trem." Me levantei, e fiquei em frente à porta, esperando para sair. Saí. Os meus passos estavam automatizados seguindo o fluxo de pessoas. Meu cérebro estava no modo "trabalhador". Primeiro lance de escadas, virada à direita.

130 - **Zonzo:** tonto, atordoado

Segundo lance de escadas, virada à esquerda. Eu paro. A placa indicava à minha frente "Jabaquara". Eu paro novamente. "Ei, peraí! Eu não vou sentido Jabaquara. Pra minha casa eu desço na estação Sacomã. O que eu tô fazendo aqui?" Quando eu me dei conta da burrice que eu estava cometendo, me virei rapidamente para fazer o caminho oposto e seguir viagem. E esse foi o exato momento em que bati meus olhos na minha salvação.

Ela, MC Marielle, uma das maiores MC's de rap da história, bem na minha frente, lendo um livro.

Lembrando agora, isso parece uma grande loucura da minha parte, ainda mais vindo de mim, que todo o tempo na vida fiquei na minha. Só que, sei lá. Depois de quase morrer atropelado por um trem eu fiquei doidão. Nem pensei duas vezes e resolvi chegar nela pra trocar uma ideia.

– Salve, Marielle! Firmeza? Licença pra chegar aqui, desculpe te atrapalhar. Queria desenrolar umas ideias contigo. Posso? Sou seu fã memo, de coração!

Ela parou a leitura por alguns instantes e me respondeu.

– Salve, molecote! Firmeza, e aí? Que daora manin, satisfação total. Claro que pode, chega mais.

– Orra, só agradeço de verdade você e a sua visão. Sou fã demais das suas letras. Aprendi muito pesquisando sobre todo o pessoal que você cita nos raps. Agora tô lendo a história da Evita Perón[131]. Incrível.

Sorridente ela fechou o livro e mostrou interesse para o que falei. Eu aproveitei.

---

131 - Evita Perón: María Eva Duarte de Perón, conhecida como Evita, foi uma atriz e líder política argentina.

– Desculpa me intrometer, mas aí, e esse livro aí, o que você tá lendo?

– Pô, esse aqui é "Pessoas Extraordinárias – Resistência, Rebelião e Jazz" do Eric Hobsbawm[132]. Cê conhece?

– Puts, nunca nem ouvi falar. Se pá você cita ele num som, não é? Mas eu não consigo nem repetir esse nome, mó nome de playboy desse mano, hein?

Gargalhando ela me respondeu.

– Pior, é treta de verdade! Mas, aí, memo assim tem uns playboy que são inteligente, saca? Passam visão. Não adianta a gente vir com preconceito quando o assunto é conhecimento. Se liga nessa ideia aqui:

> ***"Eduquem-se! Escolas e cursos, livros e jornais são instrumentos de liberdade! Bebam na fonte da ciência e da arte: então vocês ficarão fortes o bastante para fazer com que haja justiça."***

– Caraca. Por isso eu sou seu fã, Marielle! Olha as parada que você lê. Fita de mil grau.

Depois da citação, o papo começou a render. Ficamos horas e horas trocando ideia ali, em uns papo cabeça. A Marielle é uma mina firmeza demais. Só de estar ali me esqueci de toda a história triste do bilhete único. Ela por si só, é uma pessoa bem simples. Uma mina da "cor do talvez" que nem eu, magrelinha e cheia de tatuagem. Quem vê, se pá, não dá nada. Mas eu que já conhecia admirei demais. Acho sempre bom trocar ideia com quem manja.

132 - **Eric Hobsbawm:** foi um historiador britânico reconhecido como um importante nome da intelectualidade do século XX. Um dos raros playboys daora.

No resumo das ideia ela me contou uma pá de história da vida dela, um monte de causos, e histórias do rap que ela viveu. A gente manteve uma conexão muito responsa.

O tempo voou. Já estava dando umas onze horas da noite e eu precisava cambar[133] pra casa, se não ia perder meu buso[134]. Como depois do papo, achei que nunca mais ia ver Marielle na minha vida, dei um tchau com vontade de quem queria ficar. Eu não tenho certeza, mas acho que ela sentiu toda essa minha admiração e resolveu me surpreender na despedida.

– Tchau, João, prazer te conhecer, viu? Cê é um moleque novo, consciente. Muito bom ver a quebrada com umas pérolas dessas. Mas, aí, vamos manter contato. Anota aí meu e-mail que você me encontra, demorou?

Eu abri meu caderninho e sorri pensando "Ê, cadernin véi de guerra... Eu sumo mas quando eu volto é só com as melhores novidades." Anotei o e-mail e voltei para casa sorrindo durante o trajeto todo.

A vida é muito louca memo. No dia que eu caí nos trilhos do trem e quase perdi a minha vida eu encontro a minha MC favorita. Entre essas e outras que eu fico brisando. O que será que tá reservado para o meu futuro?

133 - **Cambar:** sair fora, ir embora.

134 - **Buso:** ônibus, busão, bumba. Ou como eles chamam em Moçambique, machibombo.

C pít

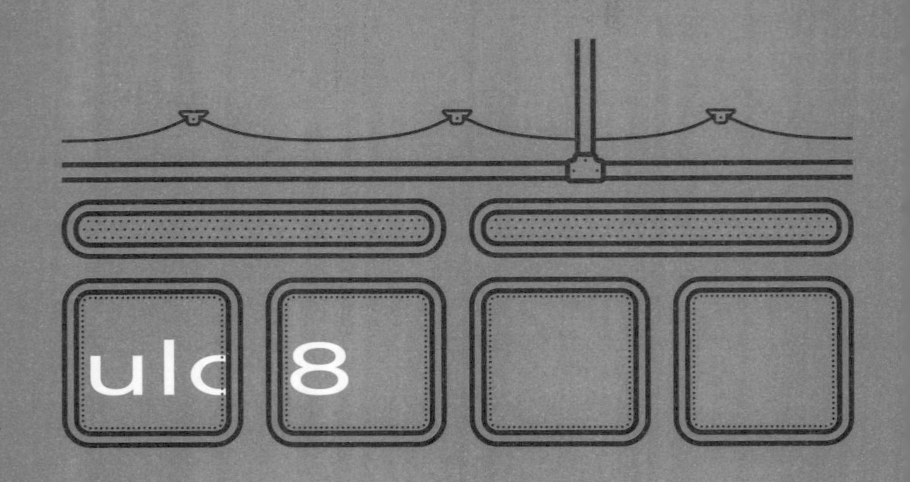

A FESTA DA FIRMA

31 DE DEZEMBRO DE 2009. Acredito que posso sintetizar esse ano com a palavra "estranho". Começaram a aparecer alguns pelos no meu rosto, as espinhas começaram a lotar a minha cara e toda essa estranheza se intensificou com minha solidão. Esse sentimento de estar sozinho no mundo causa umas coisas malucas na gente.

Todo e qualquer momento estou reparando na silhueta[135] das mulheres pelas ruas. Estou sentindo uma atração pelo corpo feminino que antigamente eu não sentia. Até tentei conversar com o Douglinhas sobre essas coisas novas que me acontecem, mas ele ficou meio estranho. Acho que ele não queria falar.

É complicado e constrangedor falar isso a céu aberto. Graças a Deus que meu caderninho me acompanha. Quando eu tinha uns 9 anos de idade, ouvi os moleques da minha rua falarem do assunto: "Punheta". Com aquela idade eu pensava que o beijo era uma coisa nojenta e não passava nem perto da ideia de gostar de meninas. Não deu outra. Quando o assunto começou, fui correndo para casa.

135 - **Silhueta:** desenho uniforme formado pela sombra de alguém ou alguma coisa.

Se lá atrás eu soubesse que educação sexual poderia mudar minha vida, teria ficado. Mas não. Por não saber de nada o que eu tenho é a estranheza. Um assunto que não domino é um assunto estranho. Esse é um assunto estranho. O meu corpo.

Algumas vezes, ouvi caras falarem que nós temos um "amigo" entre as pernas. Achei aquilo engraçado e meio bobo, mas por realmente não ter tantos assim eu resolvi chamar o meu de "amigo". No final deste ano, depois de consecutivas tristezas e muita solidão, me pego imaginando as silhuetas femininas e o "amigo" acorda. Não entendo muito bem essa reação, mas fico assustado e ao mesmo tempo sem saber o que fazer. Fico encabulado.

Não sei se é coisa da minha cabeça, mas, exatamente no dia da festa a Maria Antônia, uma das camareiras do hotel, fez questão de me atiçar[136]. Ou melhor, fez questão de acordar o meu "amigo". No corredor estávamos só eu, ela e o carrinho de limpeza. Assim que ela me viu andando em direção ao elevador, largou os produtos de limpeza no carpete e resolveu atravessar também. Todos nós, os trabalhadores do hotel, sabemos: quando o carrinho está no corredor só um consegue passar. Ela fez aquilo de propósito. Devagar e sorrateira.

No meio do caminho, entre o carrinho e a liberdade, ela chegou. Estrategicamente virada de costas para meu quadril, empinou o corpo, e com curtos passos laterais foi roçando a bunda. O movimento do corpo foi curto, mas foi capaz de me acender. Senti dentro de mim um fogo milimetricamente quente. Um fogo que me queimava a ponta dos dedos. Um fogo novo. Estranho pelo desconhecimento e devastador pela intensidade.

Com a mesma simplicidade que largou os produtos de limpeza no chão, Maria Antônia sumiu. Parado de frente para o elevador o fogo ainda me queimava. Me vi sem saí-

136 - **Atiçar:** ativar, avivar, despertar (fogo, fogueira, chama etc.), soprando, abanando ou revolvendo as brasas ou lenhas.

da. Eu tinha ido até o elevador para atender o pedido da minha chefe, mas com o volume por entre as pernas aquilo seria impossível. Eu não sabia o que fazer.

"Como é que eu vou descer assim?", pensava.

Tentei dar um tapa no amigo para ver se ele dormia, só que eu não sabia do pior. O toque desencadeou meu instinto. Olhei para minha lista de apartamentos que deveria limpar. 412. O quarto estava vazio. Não pensei duas vezes e corri para o banheiro. Dentro do hotel cinco estrelas, na rua mais cara de São Paulo. O que na primeira vez foi um tapa se transformou em uma jornada de autoconhecimento. Movimentos friccionais[137] foram capazes de me levar ao verdadeiro eu. Deixei de me separar por bípede baseado em carbono e fui somente animal.

Me entreguei.

Minutos de adrenalina explodiram ao vento, assim que a solidão se fez presente. O trabalho finalizado me entregou o vazio da falta. A falta de entendimento. A falta de profundidade. A falta do saber. Era somente eu, um box de banheiro e o espelho. O reflexo que meus olhos miravam era comicamente solitário. As calças arriadas, a testa suada, o chão manchado. As minhas pequenas mãos calejadas se fecharam e eu senti a estranheza em ser eu.

O que é ser homem? O que é sentir o próprio toque? Uma fricção? Um movimento que só vai e volta sem respeitar ninguém? Desrespeitando até mesmo o próprio homem? Eu não sei... Me faltava uma conversa para entender toda a complexidade de ser eu. Entender as dores e delícias que moram no meu ser. Delícias, quer dizer, ao menos da Maria Antônia, já que logo em seguida tudo seria diferente.

Eu não sei se você sabe, mas normalmente festa de fim de ano na firma é só causaria. Álcool, comida à vera[138], e um monte de funcionário descontrolado. Pelo menos era

137 - **Fricção:** ação de friccionar, atrito, esfregação.
138 - **À vera:** de monte, sobrando.

assim que os meus pais me contavam como era. Eu senti um espanto ao ver tudo sendo diferente.

A festa no hotel aconteceu no vigésimo andar, no terraço. Uma vista linda e apaixonante da grandiosa cidade de São Paulo. Os prédios no horizonte desenhavam batimentos cardíacos com a silhueta. Os copos de bebida alcoólica coloriam os aspectos as pessoas. Amarelo ouro, azul bebê, vinho tinto. Uma pluralidade para os interessados. A princípio não era tão diferente do que meus pais me contavam. Somente pessoas adultas se embriagando. Porém, o que se mostrou diferente na festa do nosso hotel foi o revezamento. Até no último dia do ano, dia de festa, era necessário trabalhar intercalando com um colega de setor. Uma hora de festa para quatro horas de trabalho. Cruel.

Depois que limpei a sujeira que fiz no banheiro, desci correndo para o térreo e conversei com a Liege, a minha chefe. Ela me pediu para revezar com o Piauí e curtir um pouco. Na minha primeira hora de "festa" eu subi e dei de cara com o pessoal um pouco alterado. Até aí, tudo bem. Fiz um prato de arroz, farofa e linguiça e fiquei de canto. Uma música ambiente rolava e me senti entediado enquanto comia. Terminei de comer e o tédio me incentivou a fazer uma boa ação. Chamei o Piauí no rádio e fui voltar a trabalhar. Com o trabalho em um ritmo leve, as 4 horas se passaram rapidamente. Voltei para a segunda parte da minha festa.

Já no terraço encontrei muita gente cambaleando, cantando desafinado e andando torto. E o mais inconveniente: ver alguém que só sabe dar ordem se divertindo. Uma das bêbadas era a Liege. A minha chefe também estava naquele estado. Foi tipo ver a diretora da minha escola fumando um baseado. Estranho. Eu estava completamente desconfortável com aquele ambiente, onde o pôr do sol se misturava com música ruim e bebida alcoólica, então, em um ponto que eu não consigo me recordar, a música ambiente parou em um funk das antigas. Daí começou o rebuliço. Quadril que desce, bunda que sobe, cintura que encanta e bebida que rasga goela abaixo. Funk + álcool + firma. Mistura perfeita para dar merda.

Eu, de longe, no mesmo canto que estava quando me alimentei, observava o caos. A primeira música rolou e eu notei uma energia estranha no ar. A cada rebolada, o tempo andava mais devagar e ela me olhava de canto. Na segunda música mais alegre aconteceu o inesperado. Do grupo de funcionários da empresa que dançava felizmente, uma se destacou e veio em minha direção, assim, no meio da música, do nada. Estranhamente chegou no meu ouvido e me disse:

– Me encontra no quarto andar. 412. No quarto.

Se distanciou de mim e foi em direção ao elevador. A minha cara de nada mudou de cor e ficou completamente pálida. 412? Exatamente o mesmo quarto! Eita, carai! Será que ela sabe do que eu fiz no banheiro? Será que tinha câmera lá e alguém me dedurou? O que aquela mulher queria de mim? Será que ela vai me demitir? Com o chamado dela a intensidade do odor do álcool só não foi maior que meu medo. Era a Liege. Automaticamente entrei em um grande dilema. Vou ou não vou? Vou ou fico? Ela é minha chefe, mas está bêbada. Será que eu espero isso tudo passar e finjo que nada aconteceu? Ou será que eu enfrento o problema e assumo que fui eu que fiz mesmo? O mal do bom coração é que ele só aprende depois de sofrer com a maldade. Fui.

Desci o elevador com uma pulga atrás da orelha. Por que eu estava fazendo isso? Por que todo esse medo? Eu só toquei meu próprio corpo, o que tem de mais? O elevador chegou no quarto andar. Lutei para dar os passos para fora do elevador, mas eu fui em direção ao destino. 412. Três batidas na porta do quarto, a voz de longe respondeu:

– Quem é?

– Sou eu, João – respondi com a voz baixa, envergonhado.

Poucos segundos depois a porta se abre. Braços grossos me puxaram para dentro. Ao entrar fui surpreendido pelo quarto, que sutilmente iluminado, cheirava a álcool. O mesmo odor que exalava do corpo da minha chefe. A porta se fechou. Eu fui jogado na parede.

Sem mais nem menos a Liége começou a me beijar, de uma maneira desordenada e voraz. Como se ela me devorasse mesmo. "O quê?" "Como assim?" "O que está acontecendo aqui?", pensava eu enquanto os lábios dela me engoliam. Não entendi o que acontecia, mas não reclamei. A mão dela foi deslizando pelo meu corpo com muita experiência, e eu, que só estava achando que levaria uma bronca, comecei a me assustar. Ela pegou a minha mão e colocou no quadril dela.

– Relaxa, João. Você nunca fez isso aqui, né?

Fiz um sinal de negação com a cabeça e abaixei meu olhar. Diabolicamente ela sorriu, como se ganhasse um prêmio com a minha resposta. Ela desabotoou minha calça. Me virou e me jogou no sofá.

Eu não posso mentir e omitir que tudo que aconteceu dali para frente teve um pouco de prazer do meu lado. O corpo dela, mais velho e marcado, dominou a minha pequenez em várias posições. Ela me fez de boneco e de aluno. Me ensinou detalhadamente o que queria e sorriu a cada pequeno acerto que cometi. Quando ela me segurou e me possuiu, eu senti pulsar o tal homem que habita dentro de mim. Uma nuance[139] de amor e ódio. Amor, pela minha corrente de solidão que se quebrava. E ódio pelos destroços dos sonhos, da virgindade e do prazer. Eu senti ódio por não me reconhecer naquele momento. Eu senti ódio e não vivi o prazer do gozo.

Corpos suados e despidos. Fiquei com a Liége naquele quarto por mais de hora. Descumprindo toda e qualquer norma que a empresa pudesse imaginar, eu pelo menos me senti feliz. Finalmente tive mais de quinze minutos de pausa para o almoço. Da maneira mais estranha que eu poderia imaginar.

O tempo de fogo dela se esgotou. Questionando os motivos de não conseguir me apagar, ela ficou brava. Retirou o plástico do meu amigo, e nossas partes se desvencilharam. Fui vestindo a minha roupa em silêncio. A decepção da Liége me afetou. Eu não conseguia viver o momento. Era um trauma. Um vazio tomou meu corpo todo. Senti vontade de chorar, mas não chorei. Me senti usado.

Com a maior naturalidade do mundo ela estava novamente de uniforme, e eu arrumava meu cinto.

– Volte para o trabalho. Isso nunca aconteceu. – Dizendo isso ela se foi.

Quando bateu a porta, meu corpo se inclinou para o sofá. Me joguei para trás junto aos destroços. Já não conseguia ser inteiro. O prazer do toque de horas atrás já não era o prazer do toque dela. Não conseguia chorar. A impotência se misturou com o ódio e minha mente se mutilou. "Por que você não está feliz? Qualquer moleque adoraria perder a virgindade com uma mulher mais velha..." Só que eu não estava. A situação não combinava comigo. Sentado no

139 - **Nuance:** diferença sutil entre coisas, mais ou menos similares, postas em contraste.

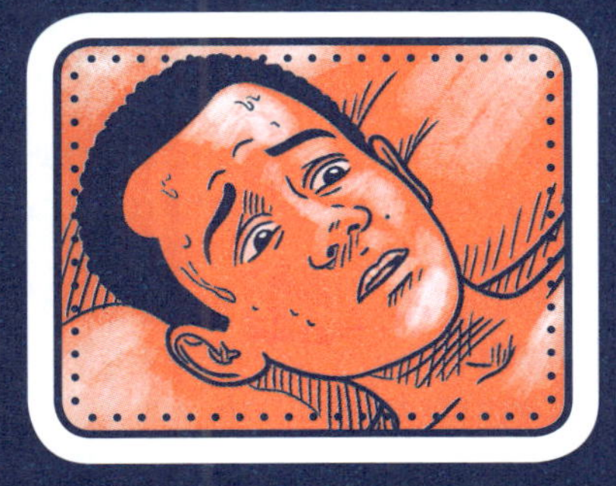

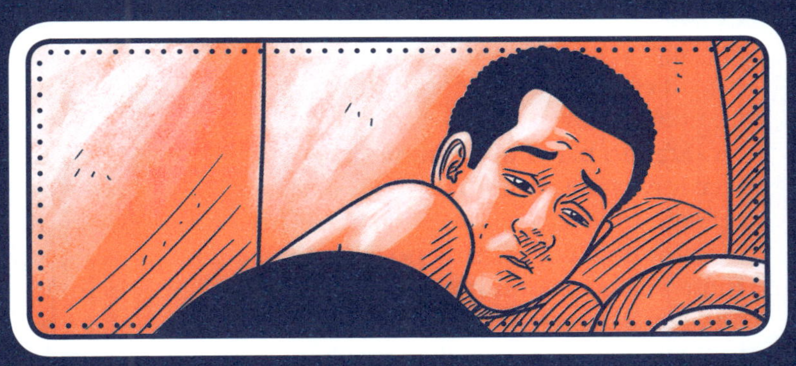

sofá, eu ainda sentia meu amigo pulsar feito meu coração. Conforme meu peito foi batendo profundo e devagar eu fui caindo para a direita. Me senti um lixo.

E se ela faz isso com outros moleques? Eu não sei. Só queria conversar sobre isso com alguém. Só queria tirar esse peso das costas. Eu não tenho coragem de denunciar. Pensando bem isso foi gostoso, até.

O que eu fiz foi juntar as minhas coisas e ir embora para nunca mais voltar. 31 DE DEZEMBRO DE 2009. O último dia da minha vida em que eu vi aquele hotel maldito.

A VAGA

18 DE OUTUBRO DE 2010. Salve, salve, caderninho de maloka. Quanto tempo, hein?! Dessa vez eu não posso mentir. Vivi tanta coisa ruim que eu desisti de viver, eu desisti de você. Me desculpe…

Desde que o ano virou, a minha vida tá uma baderna gigante. Te carreguei por todo canto que fui, e diariamente me perdia junto das esperanças. Desemprego, solidão e falta de perspectiva. Por baixo dos provérbios é só destroço. Vale a pena registrar nestas linhas que eu aproveitei o tempo de desemprego lendo tudo o que eu podia. Em contrapartida, meu bolso tá mais vazio que coração de bandido. Depois que eu meti fuga[140] do hotel, minha mãe pediu explicações. Eu preferi me passar por vagabundo do que mandar a real[141] pra ela. Mesmo que minha ex-chefe mereça, tenho medo que minha coroa vá para cima e mate a Liége. A Dona Zica é zica memo. E, desde aquele dia, eu carrego mais e mais sequelas. Continuo firme e forte na escola com a companhia do Douglinhas no dia-a-dia, e o clima em casa tá muito estranho. Sem meu pai e sem minha irmã parece que meu mundo gira faltando duas peças. Não pensei que ia dizer isso, mas eu tenho saudades da Sandrinha.

140 - Meti fuga: desapareci, sumi na neblina.
141 - Mandar a real: falar a verdade, ser sincero.

Até certo ponto, os livros foram uma boa companhia para mim, mas aí o aperto no bolso chegou forte. Faltou gás e a conta de água atrasou. Minha coroa me obrigou a arrumar um trampo para ajudar com as contas de casa. Descolei dois bicos: um no lava-rápido e outro, de final de semana, em um buffet. Foi puxado. De todos os males, pelo menos eu passei de ano na escola. Não só eu, mas a Bárbara também. Sumiu da minha frente levando o idiota do Pixote. Enfim... Ter que conciliar dois trampos não dá certo com a escola. Quase não dei conta. Faltei em muitas aulas. Meu parceiro Douglinhas é sem palavras, se não fosse ele, eu já tinha desistido de tudo mesmo. Mas não. Tamo sempre junto e lado a lado. Escrevi isso só para registrar um pouco o que aconteceu nesses meses. Prometi pra mim mesmo que só voltaria quando alguma notícia boa chegasse. Então, simbora, que ela chegou. Lembra da Marielle? A MC que eu trombei no dia do bilhete único? Então, ela me chamou para conversar. Me mandou a seguinte mensagem:

> ***"Salve, João! Tudo certo com você? Me lembrei da ideia que a gente trocou no metrô e resolvi te escrever. Cê lembra que me contou lá do trampo do hotel? Que cê não tava curtindo e pá? Essa fita me veio na mente bem quando surgiu uma oportunidade. Eu tenho uma proposta pra te fazer. Esse mês agora, dia quinze de outubro, vou lançar meu CD novo nas ruas. "Traficando Informação" vai ser o nome. E, até então, firmeza. O trampo tá feito, tá pronto pra ser lançado. Mas o que eu queria fazer agora é montar meu time de divulgação. Por isso, te chamei. Queria saber se você gostaria de fazer esse trampo. Que cê acha? Nesse primeiro momento pensei em umas duas pessoas, se você quiser até indicar um parceiro seu, tá suave. Depois me dá um salve e me diz o que você acha.***
> ***Abraços, Marielle."***

E ela perguntou isso pra quem? Logo pro pobre-loko que só se funica[142] no lava-rápido, e que se lasca pegando caixa pesada no buffet. Logo eu... Cê acha que eu disse o quê? Eu topei, sem pensar duas vezes. Nem perguntei de dinheiro, nem nada. E, pra completar o pacote, ainda arrastei meu parceiro Douglinhas comigo nessa. Me lembrei de um rap... "Aí, moleque, me diz: então, cê qué o quê? A vaga tá lá esperando você".

SEXTA-FEIRA. 15 DE OUTUBRO DE 2010. Rua Joaquim Távora, 138 – Vila Mariana – São Paulo. O milagre já havia acontecido. Atravessamos a cidade e descemos na estação Ana Rosa, assim como o combinado. No horário proposto a gente tava lá. O Douglinhas ficou enchendo o meu saco dizendo "como assim uma MC de rap em um bairro de playboy desses? Isso aí não é rap, não, carai! Rap não é coisa de playboy" E eu fiquei mó cota argumentando com ele, debatendo. Só paramos quando a Marielle apareceu para nos atender.

– Chega aí, rapa, pode chegar!

Adentramos o espaço e era tipo uma loja de roupa misturada com um estúdio de tatuagem. Nos sentamos em banquinhos de plástico e a Marielle começou:

– Salve, salve! Esse aqui é o nosso QG[143] do RAP. O espaço foi cedido por meus patrocinadores e é onde nós vamos fazer as nossas reuniões. Chamei vocês aqui para poderem entender um pouco do que é esse projeto que vamos divulgar. Então, antes de mais nadas, gostaria de colocar o som que dá nome ao disco. A faixa "Traficando Informação" começou e também veio o refrão:

142 - Funicar: um verbo semelhante ao se lascar.
143 - QG: quartel general.

"Me queriam traficando, mas o mundo eu tô mudando
Me chame de transformar, sou o fim da burguesia
Eu vendo pó, vendo pó, vendo pó! ESIA"[144]

Misturando reações, as nossas ideias se cruzaram e eu rasguei o verbo.

– Carai, Marielle! Qu'izideia monstra! Esse verso é muito, é muito loko memo! Pó esia... Ideia monstra!

– Curtiram? Mas assim, cês sabem que eu não dou tiro no escuro, né? Eu fiz esses versos já pensando na guerrilha. Na distribuição dos CD's pelas ruas. Pro corre da marreta.

– Como assim?! Marreta? – Douglinhas, o primeiro vida loka da história questionou.

– É o seguinte, Douglinhas. Esse vai ser o nosso slogan na marreta pelas ruas. "Vendo pó... Vendo pó... Vendo pó..."
Ai quando o pessoal focar a atenção em nóiz a gente fala. Vendo pó... esia. Poesia!

– Tá bem, isso eu entendi! Mas o que é marreta? É aquele fita dos marreteiros?

MARRETEIROS

O marreteiro é um artista-comerciante. Diferentemente do camelô, que comercializa as mercadorias nas ruas e calçadas, o marreteiro faz isso nos vagões da metrópole. Produto original do Brasil, o marreteiro nasceu para driblar a dificuldade e entreter os passageiros na venda de qualquer produto. Não é apenas uma venda, é um show. Eles e elas desfilam por entre os bancos e passageiros e vão gritando discursos bem-humorados e atrativos para

---

144 - Esse é um dos momentos que a ficção se mistura com a realidade. Esses versos são reais e são do herói Rodrigo Ciríaco. Educador e escritor, é autor dos livros "Te Pego Lá Fora", "100 Mágoas" e "Vendo Pó...esia". Participa há mais de 10 anos do movimento de saraus da periferia. Um mestre.

o cliente em relação ao próprio produto. Um marreteiro raiz é capaz até de vender enxugador de gelo no deserto. Frases feito essas são bordões entre as propagandas:

> ***"A porta fechou e o shopping abriu", "Chegou delícia, chegou qualidade", "Não é vencido, não é roubado é apenas caminhão tombado", "Mais alguém, alguém mais?", "Testa na hora" "Essa mercadoria aqui é diretamente de Moscou. Se Moscou os guarda leva!", "Tô vendendo pra pagar as parcela do Escort. Mas pessoal, Escort não é o carro não, é o Escort da água, o Escort da luz e do aluguel, então ajuda eu pessoal".***

Podendo ser uma pessoa de qualquer idade, gênero ou etnia, o que une a classe trabalhadora é a origem. A grande maioria dos marreteiros e marreteiras é de periferia e tem um bom motivo para desbravar esse universo: o desemprego. O que começou com a prática do comércio ilegal – mas só na visão dos guardas – aos poucos foi trazendo rentabilidade e projeções para o futuro. Com criatividade e carisma tem trabalhador que tira quatro mil reais por mês. E como o nosso assunto é o rap, a música que nasceu da rua, a gente aprendeu tudo já com a mão na massa, dentro do trem. Entramos dentro do trem na estação da Luz, fomos até Corinthians-Itaquera observando tudo. E a Marielle sempre nos dando dicas e explicações.

> ***"Eu pensei em cantar, mas sou desafinado. Pensei em recitar poesia, mas sou péssimo com palavras. O fato é, eu não sei cantar, eu não sei falar, eu só sei latir: HALLS, HALLS... Um real é o HALLS"***

– Tá vendo ali, ele usou do humor para conquistar os clientes. Isso é essencial.

E fomos analisando todos marreteiros que passaram pelo trem durante o trajeto, até chegar na estação terminal. Local onde a Marielle nos falou:

– Então, rapa, vai ser assim, vamos ficar aqui dentro do trem mesmo e fazer o sentido inverso. Assim que a porta fechar vocês observam. Quando a porta fechou, Marielle se levantou e assim que começou a andar já foi gritando.

– Senhoras e senhores passageiros, a porta fechou e o shopping abriu! Trouxe produto bom, produto de qualidade. Diretamente das quebradas, eu vendo pó, vendo pó, vendo pó!

Todos que ouviram tiveram a mesma reação que nós. Susto! Como assim, vendo pó? Aquela mina é louca? Quando ela percebeu que já tinha a atenção de todos no trem, seguiu.

– Calma, calma, freguesia! Eu vendo pó! Só que é Pó... esia!

E a reação dentro do vagão não foi outra, todos riram e admiraram a coragem da moça de gritar uma loucura daquelas.

– Tem pra mamãe, tem pra titia, tem pra criança e tem pro adulto. Poesia não faz distinção, tô traficando informação! Um é 5 e três é 10, vem na minha mão que é mais barato. Produto de qualidade. Com um milhão de cópias não vendidas a gente aceita até cartão.

O pessoal gargalhava e gargalhava. Até que começou o efeito dominó no vagão. O primeiro levantou a mão.

– Ei, menina! Eu quero, me dá 3!

E consecutivamente vieram tantos outros.

– Eu quero! Eu quero! Eu quero!

Marielle foi anunciando pelo trem enquanto disputava a atenção com outros marreteiros. Não deu outra, ela roubou a cena! A maioria dentro do trem vendia somente chocolate e salgadinhos, aí chega uma doida vendendo CD's de rap, misturando poesia com todo um show. O resultado foi sensacional. E eu e o Douglinhas ficamos sentados só observando as táticas dela para falar do produto. Fez a rapa no dinheiro de geral. Após finalizar o trem, apontou pra gente sair do vagão e encontrar ela lá fora. Nos distanciamos dos guardas da estação, sentamos. Enquanto contava o dinheiro a Marielle começou:

– E aí pessoal, que cês acharam? Olha pra esse bolo de nota aqui, tá vendo? Isso foi só do meu primeiro trem. Imagina o resto do dia. Por isso eu preferi trazer vocês até aqui, porque se eu ficasse só explicando no escritório vocês iam achar que eu sou louca. Isso daqui que é marretar. Esse que é o dia-a-dia do marreteiro. Entender o público alvo, afiar o discurso e vender o produto. Fugir dos guarda faz parte, mas o que a gente tá fazendo é espalhar arte. Eu chamei vocês aqui pra explicar o simples, tá vendo esse bolo de nota, acabei de contar. 160 reais! E isso só em um trem... Sem contar as que eu vendi no cartão. Eu quero saber se vocês topam começar a trampar comigo. A cada CD vendido é 2 pra vocês e 3 pra mim. O que cês acham?

Na hora que a Marielle perguntou eu nem precisei refletir para responder. Meus olhos já brilhavam sonhando com aquele tanto de nota, com as vivências que eu teria com o corre, com a felicidade de poder viver um sonho. Meus olhos se viraram em direção aos do Douglinhas, e

TRAFICANDO
INFOR
MAÇÃO
BLCK

deu para sentir a mesma vibração vindo dos pensamentos dele.

– Vamo! – a nossa voz falou em uníssono.

15 DE OUTUBRO DE 2010. O dia em que para a arte eu virei traficante.

ESSA NÃO É A SUA VEZ

16 DE JANEIRO DE 2011. Nas primeiras semanas de marreteiro foi meio zoado. Eu tentava vencer a timidez dentro dos vagões, e junto do Douglinhas ainda buscávamos nossa autenticidade. Era um tempo de construção. Mesmo que temporariamente sem um "show" próprio, só seguindo os ensinamentos da Marielle, tiramos uns R$200,00 por semana. Lindeza. Aí veio a parte boa, com mais ou menos um mês de experiência, a gente entendeu o nosso elixir da venda – o nosso sagrado discurso pro show. Vou tentar explicar abaixo.

A gente entendeu que não dava para revolucionar em uma coisa que já era revolucionária. De início, adotamos a mesma abordagem de nossos companheiros de vagão. Uma maneira de mostrarmos que não éramos diferente deles, também. O trem anunciava com uma buzina o fechamento das portas e a gente começava.

– A porta fechou, o shopping abriu! – Começava Douglinhas.

– Querido leitor, querida passageira, desculpe atrapalhar a viagem. – Ciente que é necessário mostrar educação e inteligência para o cliente, eu rebatia.

– O vendedor é irritante, mas o anúncio é importante! – Douglinhas voltava com o humor depois da educação, um ótimo contraponto

buscando a atenção das pessoas. Juntos, a gente assustava o pessoal com o grito.

– Eu vendo pó... Vendo pó... Vendo pó! Esia!

Depois do susto no pessoal a gente começava o show com o bate-rebate.

– Eu poderia tá roubando. Eu poderia tá matando! – Douglinhas iniciava, dramático.

– Mas, não, eu tô traficando!!! – Eu rebatia novamente, ácido.

– Traficando? Cê é louco, João? – Criando um falso embate entre a gente a atenção redobrava.

– Calma, calma, meu irmão. Tô traficando informação! – De volta com o humor e a informação chave nos ouvidos dos clientes a apresentação do produto se iniciava. Douglinhas pensou na estratégia das gírias do dia-a-dia, assim a nossa proximidade com o cliente se tornava um elo.

– Aé? Que qui é isso aí na sua mão, sete-pele?

– É delícia, é qualidade! É o CD da MC Marielle!

Pensamos em perguntas que passariam pela mente de nossos clientes e fazíamos tudo nós dois.

– Que que tem nisso, aí?

– Tem 17 RAP pra você ouvir!

– E que diabo é RAP menino?

– É a música pra ver o trabalhador sorrindo.

– E fala sobre o que?

– Aqui tem várias estratégias pro pobre sobreviver.

– Tá bom, tá bom já sei. E por que que eu vou comprar?

– Pra ajudar dois jovens ao crime evitar!

Depois da minha frase final o Douglinhas parava o questionário e chegava no ponto alto.

– Senhor, senhora. Olha pra nóiz,
Quantos jovens assim cê já viu no crime?
É o plano do Estado
Nos deixar nesse regime
Mas nós somos sonhadores, somos revolução
Quer mudar o mundo, apoiar a cultura?
1 é 5, 3 é 10 na minha mão.
Vendo pó... Vendo pó... Vendo pó! Esia!

Nosso discurso se repetia entre grupos, e aproveitamos muito os minutos entre uma estação e outra. Era como um passe de mágica, terminávamos nosso show e os clientes começavam a pipocar.

– Eu quero, me dá três! Eu quero!

Vixe, depois dessa sessão de rima o vagão inteiro ia à loucura! Roubávamos a cena[145] e parecia que todo mundo só ouvia nóiz. O que era R$200,00 por semana começou a virar R$200,00 por dia. Chegamos a fazer quase R$1.500,00 em uma semana das boas. Por quatro meses conseguimos emplacar mais de 7.000 CD's vendidos. R$21.000,00 pra

145 - **Roubar a cena:** atrair toda a curiosidade, virar o centro das atenções.

Marielle, R$14.000,00 pra nóiz. Em nossos pensamentos, o sonho estava bom demais pra ser verdade, eu e o Douglinhas até duvidávamos que era com a gente. Não deu outra. Cê acha mesmo que o nosso sucesso nos trens não ia entrar na mira dos zoião? Vai vendo.

Com o tempo passando eu e o Douglinhas sentimos um clima de competição no ar. Era só a gente chegar na estação da Luz e as coisas começavam a ficar diferentes. Primeiro um marreteiro que não cumprimentava, depois uns cochichos quando nóiz passávamos. Um clima estranho. Até que chegou o dia que a gente recebeu um salve memo de um grupo de marreteiros. Antes de entrar no trem eles nos pararam.

– É o seguinte, rapaziada, nós achamos bem louco isso aí que cês fazem. Mó respeito. Mas cês tão começando a queimar nóiz. A venda dos nossos produtos caiu e a de vocês só cresce. Nós somos trabalhadores também, temos filhos da idade de vocês. A gente precisa vender... Cês vão ter que mudar de área, se não vai azedar. Sei lá, mete marcha[146] pro metrô, ou vai pra rua memo. Aqui não dá pra vocês não, moiô.

E a gente ia falar o quê?

O que se decide pelos marreteiros não tem curva. É tipo um sindicato. Várias mão[147] que a gente precisou de ajuda nas briga com os guardas os caras estavam lá. A gente não tinha saída. Tivemos que queimar o nosso esquema sagrado.

Mas e agora? O que a gente ia fazer?

Todo marreteiro sabe: no metrô até dá pra vender, mas é um jogo muito arriscado. O tempo de uma estação até a outra é muito menor, o número de guardas é muito maior, e sem contar que o pessoal que pega metrô às vezes é rico, às vezes nem gosta do nosso tipo. Mas fazer o

---

146 - Meter a marcha: se mudar, sair fora.

147 - Várias mão: vários momentos.

que, né? Escolha nóiz não tem. O que nóiz tem é vontade de mudar o mundo e ficar rico. Então a coragem falou mais alto. Fomos vender no metrô.

Essa história durou bem, quer dizer, durante quinze dias. O salve que a gente levou dos marreteiros na Luz foi no finalzinho do ano passado. Estou escrevendo isso aqui no dia 16 de janeiro de 2011, dois dias depois de me recuperar do fatídico acontecimento. Foi questão de rotina, olhamos para fora do vagão e tava limpo. Sem guardas a vista começamos nosso show.

– VENDO PÓ... VENDO PÓ... VEN...

No terceiro grito tomei uma coronhada que me desacordou.

– PLÁ!

Fiquei desacordado e o vagão horrorizado. Muito coincidentemente todas as imagens das câmeras sumiram, e eu só fui entender o que estava acontecendo quando acordei sendo arrastado. Ele me levou para uma viela do lado da estação Carandiru. Olhei para os lados e não encontrei o Douglinhas.

– Acordou? Aleluia, caralho! Achei que tinha te matado, moleque. Que susto!

Como ele me segurava pelo sovaco, acordei assustado e me debatendo. Ele me soltou.

– Quem é você, carai!? Me solta!

TRAFICANDO
INFOR

O peso da minha língua foi de acordo com a força da bicuda que eu levei nas pernas.

– Tá maluco, pivete? Eu sou quem você tem que respeitar, caralho. Cala a porra da boca e me escuta aqui, seu merda! Que porra é essa de vendo pó, menor? Você tá maluco de sair gritando uma porra dessas? Você é louco?

Eu estava completamente confuso. O maluco estava com uma roupa normal, mas na cintura tinha um distintivo. Minha nuca estava doendo muito e eu sentia uma sede inacreditável. Me esforçando, eu respondi.

– Por que maluco? Estava fazendo um trabalho honesto. O que aconteceu? Cadê meu parceiro?

Voltando a apertar meu braço a violência dele aumentou.

– Não vem com perguntinha que você não tem razão, certo? Não queira saber quem eu sou, não queira saber de onde eu vim. As cadeias tão virando, a rua tá pegando fogo. A gente não vai dar boi pra pilantragem, certo? Cê deu foi sorte de acordar, se não ia virar estatística agora mesmo.

Nesse momento eu perdi o controle e o medo tomou meu corpo. Eu urinei nas minhas calças. Ele continuou.

– Olha lá essa porra! Não aguenta nem um peido. Tá todo mijado!

Me puxando pela gola da camiseta ele sacou a arma da cintura e apontou para a minha cara:

– Olha aqui seu merda, eu apaguei você foi no susto. Pra que falar uma besteira daquelas? Vender pó? Vai estudar, caralho. Mas é o

seguinte, você tem que sumir desses trens se não nós vamos ter problemas maiores. Essa não é a sua vez, entendeu? – ao falar "entendeu" ele encostou o cano da arma na minha bochecha. Me tremendo, eu respondi.

– Sim, senhor, sim, senhor.

Ele desapontou a arma da minha cara e eu saí mancando. Sem olhar para trás a única frase que ecoava na minha mente era "essa não é a sua vez". Continuei andando até chegar na catraca da estação. Sem documento, sem carteira, sem um tostão. Me desesperei, perdi o chão e o controle. Apoiei as costas na parede, fui manchando-a de sangue ao descer, e me deitei. O choro foi inevitável. E se aquela fosse a minha vez? E se foi a vez do Douglinhas? Uma bala quando acerta um corpo é instantaneamente apagável, assim como o corpo. Todas as memórias, histórias e sorrisos. Tudo se vai. A bala? Encomendada pelo Estado que quer pessoas como eu no "suspeito padrão". A violência social brasileira é sorrateira. Faz até o suspeito padrão acreditar que tudo está bem. Quando todos menos esperam, plow, a bala perdida te encontra.

Essa não foi a minha vez. A arma foi apontada. O sangue foi derramado. A violência me marcou. Mas essa ainda não foi a minha vez.

KOTODAMA (言霊)

Acredita-se que o kotodama é responsável pelas maldições e bênçãos proferidas pelas pessoas. De acordo com o xintoísmo, kotodama é o espírito divino original antes de entrar no reino dos pensamentos. Eu li sobre isso enquanto folheava alguns livros em um sebo.

Acreditando ou não, é fato: palavra é poder. Com ela, pode-se levantar alguém e dar forças, tanto quanto pode-

-se iniciar uma guerra. A minha guerra é acreditar na palavra "sonho".

13 DE MAIO DE 2011. Já se foram alguns meses depois do episódio com o policial. Daquele dia em diante as coisas azedaram pesadamente. No dia do ocorrido, demorei algumas horas a mais para chegar em casa, porque além de ferido eu não tinha dinheiro. Graças a Deus não aconteceu nada com o Douglinhas e ele conseguiu chegar em casa. Ao chegar fez o certo. Avisou à mãe, que não demorou para encontrar com a minha e me encontraram. Porém, da boa atitude nasceu o pior.

Fui levado ao hospital e aquela foi a última vez em que vi meu parceiro. Depois do incidente, a coroa do Douglinhas (receosa e com muita razão), proibiu a nossa amizade. Na semana seguinte, trocou Douglinhas de escola, mandou ele morar com os avós na cidade vizinha e o proibiu de falar comigo. O medo de acontecer alguma coisa com a gente foi tanto que ela fez o Douglinhas sumir.

Não bastasse o tanto de pesadelo que me cerca, some isso a quatro pontos na nuca e tá pronto: atestado de loucura. Na mesma velha escola, com os mesmos velhos traumas, só que dessa vez mais sozinho que nunca. O que eu vou fazer da vida, meu Deus? Para completar minha mãe também ficou sabendo de toda essa fita de marreteiro e não me deixar mais sair de casa. Colocou um cadeado no portão na tentativa de me parar. Se ela soubesse que eu vou pulando de laje em laje até sair de casa... Enfim. A vida como marreteiro tava daora demais pra ser verdade. Todo dia cruzando a cidade, conhecendo gente nova, fazendo um dinheiro. Aquilo era um alimento pra alma. Tenho mó saudade. E foi essa saudade que me trouxe de volta até aqui. Eu não aguento mais essa solidão, truta. O desespero me fez ser um tremendo dum arrombado. Desenrolei um plano na mente e fui até a casa do Douglinhas.

Ao chegar na casa dele, talvez mesmo pelo destino, quem me atendeu foi o primo dele. O mano do hip hop. Então, esse primo também era muito desavisado, ele não sabia que o Douglinhas estava proibido de ser meu amigo. Ele me disse que o Douglinhas agora estava morando com os avós, me passou o endereço e eu não esperei nem mais um minuto para ir correndo pra lá. Depois de pegar um buso para a outra cidade, cheguei na nova rua do Douglinhas. Jogando uma bola, meu parceiro estava de costas. Fui em direção a ele, sem causar alarde e disse.

– Douglinhas... E, aí, mano?

Ele se virou assustado, como se devesse dinheiro para alguém e nem sorriu ao me ver.

– Caraio, João, que susto, mano. O que você tá fazendo aqui, mano? Quer morrer? Sai fora, sai fora! Se minha vó te vê, é capaz até dela chamar os verme pra te pegar.

– Oloko, Douglinhas, sou eu, mano. O seu irmão, o João. Eu vim aqui pra trocar uma ideia, na humildade. Dá uma atenção?

Inseguro ele olhou para os lados questionando a veracidade[148] das minhas palavras.

– Vai, mano, desembucha!

– Como cê tá, mano? Quanto tempo.

– João, cê tá de chapéu, mano? Fala logo! Se alguém te ver aqui nós dois vamo se fuder. Tá maluco?

---

148 - Veracidade: qualidade do que é verdadeiro ou corresponde à verdade.

– Tá bom, tá bom, mano, eu vim aqui para te fazer uma proposta irrecusável. Eu quero te convidar pra ser marreteiro comigo na rua.

Só de ouvir a palavra "marreteiro" o Douglinhas se afastou de mim, ficou acuado e me pediu pra sair fora.

– Mano, na humilde memo? Sai fora com essas fita. Cê não tem medo de morrer? Eu tô suave de B.O.

O semblante dele que só mostrou apatia me deixou assustado. Naquele momento fiquei com medo de perder meu amigo e joguei minha carta coringa.

– Douglinhas, vai ser diferente dessa vez, meu mano. Nada de ficar correndo perigo pelas ruas, a gente vai colar só em bairros de playboy, mano. Vamo onde realmente circula dinheiro na cidade, não vai ter buxixo.

Acredito eu que, na hora que Douglinhas ouviu esse argumento, ele repensou. Lembrou do bolo de notas que juntamos, das aventuras que a gente viveu, e principalmente da felicidade que a arte trazia. Abriu um pouco a mente e disse:

– Mas como é que vai ser essa fita?

– Mano, bem simples. Eu fiquei bolando uma estratégia na mente durante uns dias. Nós somos do rap, não é? Cê lembra que nos vagões o pessoal sempre falava "nem gosto de rap, vou comprar mais pela atitude de vocês?"

– Lembro.

– Então, mano. Por que a gente não faz isso na rua, no bairro dos playboy?

– João não viaja, mano. Já tem uma pá de camelô por aí.

– Não, mano, vai ser diferente. Eu pensei da gente fazer o seguinte: aproveitar uns eventos de música que não tem nada a ver com nóiz e se apresentar pra esse pessoal. É uma maneira de ampliar a nossa cultura, também. Mais pra fazer um teste, memo.

– Sei...

– Mano, é quente memo. Eu colei aqui logo hoje e cê me conhece. Não dou ponto sem nó. Hoje tá rolando um evento dos grandes desses, lá no centro de São Paulo. É o 4° Festival de Música Indie, mano. Vai tá lotado de playboy e paga pau de favelado!

– E que porra é Indy? Fórmula Indy? Nóiz vamo vender CD em evento de carro? Cê é loko?

– Não, mano! Indie é um estilo de música, um monte de gente curte. Mas, aí, isso não importa. Quero saber se cê cola, ou não. É hoje o bagulho. Vamo?

Douglinhas titubeou, parou alguns segundos para pensar e com uma grande tristeza me disse.

– Mano, não vai rolar. Desculpa memo...

Carai, só de lembrar desse momento chega a doer o coração. Pela primeira vez na vida meu melhor amigo tinha me dado uma pedrada dessas. Eu que achei que nunca seria traído, eu que achei que nunca perderia um irmão. Eu devo ter ficado com uma cara de choro misturada com uma cara de bunda gigante. Fingi que não ouvi a resposta, me virei e fui descendo a rua. Minha perna até fisgou de dor em uns passos, pela falta de esperança. Prestes a virar a esquina da rua, a voz veio de longe.

– Cê já me viu negar qualquer coisa pra você, seu arrombado? Te encontro onde?

13 DE MAIO DE 2011. O dia que voltamos a ser marreteiros.

Aprendi com a leitura que a gente tem que diversificar os pontos de vista. É essencial estar na periferia, tanto quanto é essencial sair dela. Por isso, meu plano foi bem traçado. Eu expliquei pro Douglinhas todo o procedimento de como a gente ia adaptar nosso discurso para as ruas, ressaltei também como a poesia que a gente vende é uma mudança social. O que a gente faz não é só pelo dinheiro. Longe do nosso pesadelo dos trens, foi no busão sentido centro que eu e o Douglinhas ensaiamos nosso enferrujado "show". "VENDO PÓ... VENDO PÓ... VEN...".

Chegamos no pico. Sala Adoniram Barbosa, Centro Cultural São Paulo. Dessa vez, assim que chegamos demos de cara com uma nova formatação de clientes. Uma fila imensa. Como já tínhamos conversado no busão, na primeira oportunidade que a gente tivesse, chegaríamos. Nos olhamos para relembrar os velhos tempos.

– Vamo!

A primeira abordagem para mim foi um choque. Eu que tinha puxado o bonde[149], senti as mudanças de um passado fazendo efeito. O choque com o policial me deu mais receio do que antes. Mesmo assim chegamos nos primeiros da fila.

– Com licença, boa tarde. Você teria um minutinho para ouvir a palavra da poeta?

Aplicamos, de maneira nova e ao mesmo tempo enferrujada, a nossa prática da marreta na fila. A abordagem agora continha algumas adaptações, mas mantinha o espírito sorridente e cheio de brincadeira. Às vezes alguns riam, às vezes alguns faziam cara de nada, mas a gente seguia.

– VENDO PÓ... VENDO PÓ... VENDO PÓ! ESIA!

A diferença dos vagões para a rua foi intensa. Recebemos mais nãos do que de costume, mas seguimos firmes. O importante naquele dia, para mim, era mais estar perto do meu amigo do que qualquer outra coisa. Às vezes ganhávamos um sim e dávamos risada. Às vezes ganhávamos um não e dávamos mais risada ainda. E assim seguimos, abordando cada um da fila. Às vezes o Douglinhas me olhava com uma cara de "vixe Maria, mano. Esse aí só vai comprar se nóiz vender pó de verdade, memo", às vezes eu olhava pra ele com "vixe, mano. Vamos tranquilizar a mina que se não ela vai achar que nóiz vamo roubar ela." E a risada entre a gente era como nossa poção mágica para seguir. De abordagem em abordagem falamos com a fila inteira do show. Como diz um sábio das ruas: necessidade de pobre é que nem água, se adapta a qualquer forma. A sensação no final, foi parecida com a do vagão. Adrenalina, sorrisos e alto astral. Paramos para sentar e contar o dinheiro.

– Duzentos e dez, vinte... Duzentos e trinta! Tem R$230,00 aqui comigo e aí? – já com um sorriso de orelha a orelha me perguntou o Douglinhas.

---

149 - Puxar o bonde: ter a iniciativa, começar.

Checando os números maquininha de cartão nós ouvimos umas paradas estranhas em volta da gente.

– Corinthians ist das beste Team der Welt!

– The palm trees have no world!

– Υπέρτερος!

Várias vozes diferentes conversavam em outros idiomas atrás da gente. Eu demorei um pouco para notar, mas quando fui ver o Douglinhas já estava de pé e me disse:

– Carai, cuzão. Que fita é essa? Bora lá ver!

Ao chegarmos mais perto a gente realizou o improvável em nossas pequenas mentes. De onde a gente vinha o pessoal tinha dificuldade até para falar português, então imagina falar mais três, quatro línguas. Pra nóiz era coisa de louco. Aquela cena deu um brilho nos nossos olhos.

Talvez por estar acostumado, o líder do grupo viu que nós éramos dois moleques novos e aproveitou nosso brilho no olhar para se apresentar.

– Olá, pessoal, tudo bem? Meu nome é Fred, e eu sou o líder do "Clube dos Poliglotas".

O Fred foi nos explicando o que era o Clube, e nos deu pequenas amostras do que eles faziam. Nos apresentou para alguns grupos de poliglotas que praticavam as línguas que dominavam.

O primeiro foi um grupo da língua alemã. Já de cara tomamos um susto, parecia que todo mundo falava com alguma coisa entalada na garganta. A fala áspera nos deixou assustado. Depois ele nos passou para um grupo de francês, onde o pessoal falava e ao mesmo tempo fazia bico. Eu senti que começou essa história de "kotodama" bem ali, porque foi onde o Douglinhas se exaltou e começou a dar risada dos caras. Fomos meio que "expulsos" do grupo, e o Fred nos levou até o local mais distante, onde o grupo de japonês foi apresentado.

No meio das risadas e desconforto das idas e vindas o Douglinhas comentou umas duas vezes.

– Mano, imagina se esses playboy tiver aloprando nóiz em outras línguas? O que é que nóiz vamo fazer? Eu vou cobrar esses pipoca, olha lá, rindo pra cima de nóiz.

E eu tentava confortar o Douglinhas.

– Calma, mano. Os cara aqui é tudo leite com pêra[150]. Educado, civilizado... Cê acha?

Mas o pior é que o filho da mãe tinha razão. Quando a gente chegou no grupo de japonês, diferente dos outros, era um grupo reduzido. Os outros grupos tinham seis, dez pessoas. Nesse só tinham dois caras. De cara fomos de encontro com nosso preconceito: "como assim japonês, mano? Esses tiozinho tem cara de véio de boteco". Mesmo assim, respeitamos e começamos a ouvir a conversa. O líder do grupo nos disse mais algumas poucas informações, nos apresentou para os caras e se despediu. Os dois voltaram a conversar entre si, e logo na segunda frase que soltaram veio uma grande gargalhada.

- 答えは42です

A resposta foi de imediato.

---

150 - Leite com pêra: pessoa mimada.

– Olha lá, João! Esses arrombados tão zuando a gente. Bando de burguês safado!

Pelo sorriso sádico dos velhos eu fui obrigado a me questionar.

– Será, mano? Acho que não!

– Duvida? Se liga!

– Senhor, desculpa, como é que eu falo tudo bem em japonês?

– 私はばかだ

Logo em seguida que soltaram a frase, os dois choraram de rir. Douglinhas deu um tapa no meu peito e disse:

– Tá vendo? Tá vendo? Vocês tão me tirando! E foi avançando violentamente pra cima dos caras.

– Para, para, para! Deixa os cara, mano. Deixa eles nessa brisa errada aí. Fazer o que, eles sabem e nós não... Vamo sair fora!

– Sabem? Vamos ver se sabem memo... Aí, senhor, o que significa "konto kaiton tei" em japonês?

Depois da quase agressão os dois pararam e falaram seriamente.

– Konto kaiton tei? Você sabe, Edson?

Só da primeira repetição Douglinhas já soltou um riso silencioso.

– Konto kaiton tei? Hmmm, não sei! O que é, garoto?

– Significa pau no cú de curioso, seu playboy otário!

Não deu tempo nem de terminar a frase direito. Catando cavaco no ar o Douglinhas já foi me puxando pelo braço e pegando nossas mochilas que estavam no chão. Saímos correndo escapando das pancadas dos caras e ao mesmo tempo rachando o bico. A imagem ficou brilhando no meus olhos mais do que quando a gente viu o pessoal falando várias línguas. Eu senti a gratidão pulsando no meu peito. O sorriso, de uma maneira simples e sincera, é capaz de viajar com a gente por onde formos e quisermos. A corrida me deu uma felicidade imensa. Eu sorria e agradecia em ter um irmão para todas aquelas situações. Na prosperidade, na dificuldade, na saúde ou na doença. Independente de qualquer fita, amizade é isso. Estar junto do irmão. Seguimos correndo e o vento batia na minha cara como um lançador de memórias. Lembrei do "ataque do PCC", lembrei da história do Feiticeiro, lembrei da gente correndo dos guardas no trem. Vários filmes passaram na minha mente. A risada me teletransportou para o que de mais puro existe em mim. Me levou para o lugar que quero para todo o sempre morar.

SEM TÍTULO

15 DE MAIO DE 2011. Primeiro vocês nos tiram a vida. Mesmo assim nós seguimos. Depois, vocês levam nossos pais, nossos irmãos e nossas irmãs. Mesmo assim nós seguimos. Não cansados, a injeção de veneno faz efeito, e, quando acreditamos que a vida pode melhorar, a mais refinada gota de ódio explode dentro do nosso ser. O plano de vocês deu certo. Eu desisto.

Descobrimos pelo anúncio do jornal. "Um corpo foi encontrado boiando no córrego". Esse corpo, viajou qui-

lômetros até chegar no extremo sul da cidade de São Paulo. Trinta quilômetros para ser preciso. Esse corpo, desfigurado, pelado, repleto de sangue seco e de barro, não era somente um corpo. Antes de boiar, ele viveu, sorriu, amou e chorou. Foi teimosia, foi coragem e foi atitude. Foi o corpo do pobre que me fez sorrir, foi o corpo do rico que me fez sonhar. Foi o parceiro perfeito que desobedeceu até a mãe para estar do lado do amigo. Foi o corpo que, se soubesse, jamais iria me escutar. Um corpo, que para os jornais é "só mais um corpo". Mas para nós, nunca será "só mais um". Para sempre será o meu irmão, o meu melhor amigo. Esteja em paz Douglas Rodrigues.

As lágrimas que descem pelos meus olhos borram todas as páginas do meu caderno... Se eu pudesse voltar no passado e esquecer toda essa história da Bárbara, essa história do rap, de todas as cagadas que eu enfiei a gente, talvez a gente estivesse bem, meu irmão... Eu não consigo entender, Deus... Por que o senhor não me levou se sabia o que ficaria?

Depois do festival nós fomos diretamente pra casa, já estava bem tarde. No relógio beirava meia-noite. O que era a nossa tradição de se despedir na entrada da favela foi diferente no dia 13. Por estar morando na casa dos avós, eu me despedi do Douglinhas no terminal de ônibus. Cada um de nós pegou o último ônibus pra nossas quebradas. Eu entrei no 39, e o Douglinhas, que já não tinha opção, pegou o busão que seguia pra garagem. O ônibus reservado. Ele me disse que ia parar no meio do caminho e seguir andando pra casa.

– Vai com Deus, irmão. Toma cuidado, hein? Assim que chegar em casa dá um salve. É nóiz.

O abraço na despedida foi forte, como sempre. O que nenhum de nós dois poderia imaginar era a duração dessa despedida. O abraço será eterno.

Os detalhes que temos de tudo o que aconteceu são poucos, bem poucos. Depois do noticiário uma testemunha reconheceu o corpo e se sensibilizou para ajudar a família do Douglinhas. "Foi tudo tão rápido". Isso é o que ela mais dizia. A testemunha contou para a família que viu o Douglinhas descer no ponto final, seguir andando pela linha de trólebus, e, no meio do percurso, bem de frente ao bar que ela estava, os policiais pararam ele.

Pouca gente sabia. Era dia de retaliação.

A senhora, descreveu a cena horrorizada: "O moleque não pôde sequer reagir. Foi enquadrado, levou um chute nas pernas e se ajoelhou. Logo em seguida veio o disparo. Na mesma velocidade da bala o sangue jorrou, manchando a calçada."

Ela não sabia o nome do corpo, mas contou bem assim:

"Ajoelhado, o moleque agonizou pela vida que chegava ao fim.
Cuspindo sangue, as últimas palavras foram sinceras.
Antes de partir, o moleque perguntou:
Por que o senhor atirou em mim?"

ELA NÃO APARENTA SER QUEM É

É impossível estar desarmado se nossa existência causa medo neles.

23 DE JULHO DE 2016. Dez anos se passaram desde que tudo começou.

A cena que abre o livro é relato dos meus olhos. Olhos que são capazes de criar memórias, olhos que são atentos aos detalhes. Ela, essa que não aparenta ser quem é, na verdade sempre esteve entre nós.

Um guarda-chuva será confundido com um fuzil. Uma bíblia será confundida com uma pistola. Mais um jovem será transformado em bandido. A cada vinte e três minutos ela invade o lar desse povo que não tem cor. Sessenta mil vezes por ano ela apaga nossa pele, apaga a nossa história. Ela, é o capitão do mato atrás de cada homem fardado. É a estratégia do Estado para nos silenciar. Repentina, sorrateira e devastadora. Ela é nossa pior inimiga. A morte nunca será acidental.

Em resposta aos ataques articulados pelo PCC, agentes do Estado e grupos de extermínio saíram às ruas para retaliação. Toques de recolher foram dados e assustaram a população. Supermercados, bares, escolas, universidades e comércios fecharam as portas. Ônibus pararam de funcionar. As ruas da maior cidade do país ficaram desertas. A onda de ataques, promovida por agentes do Estado e integrantes do PCC, deixou 564 mortos e 110 feridos entre os dias 12 e 21 de maio. Mortes essas, que não ocorreram em confrontos. Foram mortos pelas mesmas mãos que mudam de corpo. A mão de gente que tem a lei, o dinheiro e as armas ao seu favor.

Dia 14 de maio de 2011, Douglas Rodrigues se foi. No dia em que nós perdemos a guerra.

"Para, Senhor. Por favor, para."

Os pesadelos se tornaram constantes, e, acordando durante as noites, João gritava pedindo socorro. O choque da violência policial fez o vômito ser mais presente do que a alimentação. Em poucos dias João perdeu muitos quilos. A tristeza tomou os ossos do corpo e a carcaça do pequeno ficou vazia de tudo. Dificuldade para sair da cama, falta de ânimo, ausência de sonhos. Muito sono, pouca graça, pouco sentido. João perdeu as vitaminas junto do brilho da pele. O erro foi meu na demora pra entender. Após o enterro do melhor amigo, João Victor se foi também.

Sem pai, sem melhor amigo e sem paz.

O que está **reservado** para o futuro desse moleque?

Agonizando por afeto nós morremos aos poucos. Meu coração me apertou e eu saí mais cedo do trabalho naquele dia. Nove dias depois da morte de Douglas.

Cheguei em casa e não encontrei João no quarto. Ansiei pelos dias em que ele ainda teria força para pular de laje em laje. Eu quis de volta o meu moleque encapetado. Mas o erro foi meu.

Não é só através do projétil que se acaba com uma vida. Destruir nossa saúde mental é um projeto do Estado.

23 de maio de 2011. Jogado no chão meu anjinho encontrou o céu. João Victor se foi também.

A coragem de enfrentar o inimigo veio demorada. Quando todos se foram ela quase me levou também. Mas dessa vez não será assim, como mesmo escreveu meu filho. "Mesmo assim nós seguimos."

Se querem secar nossas lágrimas, se nos querem caladas, como mães, é nosso dever não deixar.

Levaram nossos filhos, nossos irmãos, nossos pais, nossos avós. Todos mortos nesse mesmo mês. No mês que para nós nunca acabará. Depois de anos eu entendi o motivo disso tudo. Eu sou uma mãe de maio[151].

Mesmo que nos aprisionem com as leis e mesmo que nos amedrontem com os fuzis. Eles, esses monstros, não viverão alimentados do nosso medo. O nosso grito não se transformará em palavra muda ecoando pela paisagem. Nós vamos barrar o rajar das metralhadoras. Temos que lembrar dos nossos. Temos que lembrar dos mortos. Esse é o dever dos vivos. Esse trabalho não é um trabalho perdido. Temos que lembrar dos nossos.

151 - **Mães de maio:** uma rede de mães, familiares e amigos(as) de vítimas da violência do Estado. Formado a partir dos chamados Crimes de Maio de 2006, o grupo tem como missão lutar pela verdade, pela memória e por justiça para todas as vítimas da violência discriminatória, institucional e policial contra a população pobre, negra e os movimentos sociais brasileiros, de ontem e de hoje.

Em memória de João Victor Pereira e Douglas Rodrigues, misturado com o sangue do pequeno, eis o último escrito que o caderno de meu filho pode abrigar.

“PORTUGUÊS
UMA LÍNGUA QUE TEORIZOU
4 TIPOS DE PORQUÊS
MAS NOS DEIXOU
SEM RESPOSTA
DE UM SIMPLES ASSIM
POR QUE
O SENHOR
ATIROU EM MIM?”

23/05/2011
PORTUGUÊS
UMA LÍNGUA QUE TEORIZOU
4 TIPOS DE PORQUÊS
MAS NOS DEIXOU
SEM RESPOSTA
DE UM SIMPLES ASSIM
POR QUE
O SENHOR
ATIROU EM MIM?
DESISTO

TRABALHADORES DA PALAVRA

É importante ressaltar que nenhum sonho se realiza sozinho. Se não fossem meus irmãos e irmãs, eu não seria nada. Esse livro é uma realização nossa. Da esquerda pra direita, a descrição vem das malucas palavras do autor.

A poesia que pulsa e ao mesmo tempo revisa se chama **Ni Brisant**. Editor de livros na selin Trovoar, foi em um sarau que eu conheci o Ni. Como ele mesmo diz "poesia é o que a gente sente, o resto é literatura". Foi com ele que aprendi que o sentir pode guiar o sonhar. Coragem, irmão.

O mais novo irmão da família se chama **Gabriel Jardim**. É quadrinista independente e ilustrador. Gabriel foi a maior contratação do ano aos 45 do segundo tempo. Chegou com o projeto em andamento e agigantou ele com uma beleza única. Confere os trampos dele que são lindos. Valeu por tudo, mizera!

No meio e não menos irritante, eu, **Alexandre Ribeiro**, esse aí do meio. Já tive mais de dez trabalhos braçais como qualquer moleque de quebrada. Sou um metedor de loco profissional e nas horas não trabalhadas eu escrevo. Também sou pedreiro. Se quiser bater uma laje, me liga. Vamo aê realizar uns sonhos.

A joia rara de quebrada se chama **Lucas Rodrigues** e foi ele quem deixou esse livro lindo. O Lucas é designer e, se eu fosse você, corria pra conhecer o trampo dele antes de parar em um museu, tá? A nossa amizade se fortificou durante o processo do livro. Por ser uma pessoa incrível, o Lucas me provou que é possível seguir o coração e fazer um lindo trabalho.

O caipira punk de Penápolis, **Fred Di Giacomo**, foi o verdadeiro jardineiro dessa obra. Fred é escritor, jornalista e... vixe... se for citar tudo precisa de um pergaminho. Lançou um romance lindão, "Desamparo", que me inspirou a escrever o meu. O amor que o Fred semeia é revolucionário. Com seus conhecimentos, cortou grande parte do livro com a precisão de um cabelereiro de black.

Histórias

mudam

histórias

O flerte com a eternidade é uma pretensão grandiosa. Tão doloroso quanto a noção de que, muitas vezes, folhas de papel duram mais que nossa gente nesse mundo. A importância das nossas vidas é um grito. Por isso, os nomes dos personagens não foram em vão. Na verdade, foram minusciosamente escolhidos para estarem aqui. Cada palavra do livro é mistura de ficção e realidade. Abaixo, apresento quem são essas pessoas na vida real. Que a justiça seja feita e que a gente nunca esqueça de nossa história.

João Victor Souza de Carvalho, 13 anos. Antes de ser anjo foi uma criança criativa, simples e sorridente. Sua vida foi tirada truculentamente na porta de um restaurante. Que a justiça seja feita para que João descanse em paz. Sua vida não será esquecida.

Douglas Rodrigues, 17 anos. Um simples moleque de quebrada. Douglas poderia certamente ser o autor desse livro. Infelizmente não quiseram assim. Se tornou luz que nos guia depois de um incidente com um policial. Antes de partir perguntou: "por que o senhor atirou em mim?". Que a justiça seja feita para que Douglas descanse em paz. Sua vida não será esquecida.

Anderson Herzer, nome social de **Sandra Mara**, 20 anos. Foi um escritor e poeta transexual brasileiro. Estrela cadente da atitude que seguiu inspirando todos nós. Sua vida não será esquecida.

Barbara Querino, 20 anos. Modelo e bailarina que foi acusada injustamente de fazer parte de assaltos à mão armada. Bárbara é luz que ultrapassa celas. Que a justiça seja feita. Sua vida não será esquecida.

Luana Barbosa dos Reis, 34 anos, auto-identificada como Luan Victor por um tempo. Infelizmente faleceu devido excessos na abordagem da Polícia Militar. Luana para nós é resistência e ressignificação. Que a justiça seja feita para que Luana descanse em paz. Sua vida não será esquecida.

Amarildo Dias de Souza, 48 anos. Um cidadão comum. Ajudante de pedreiro desaparecido após ser detido por policiais militares. Amarildo é o amor que desapareceu na cidade. Que a justiça seja feita para que Amarildo descanse em paz. Sua vida não será esquecida.

Marielle Franco, 38 anos. Revolucionária brasileira. Cruelmente assassinada em um atentado ao carro onde estava. Marielle representa um sonho que não será vencido. Seremos lindamente livres. Que a justiça seja feita para que Marielle descanse em paz. Sua vida não será esquecida.

Dona Zica, 90 anos. Pseudônimo de Euzébia Silva do Nascimento, foi uma sambista da velha guarda da Estação Primeira de Mangueira e a última esposa do sambista Cartola. Obrigado pela inspiração de uma mulher incrível e forte. Sua vida não será esquecida.

Angenor de Oliveira, 72 anos. Mais conhecido como Cartola, foi um cantor, compositor, poeta e violonista brasileiro. Obrigado por ser meu pai quando precisei. Sua vida não será esquecida.

Antenor Gomes Barros Filho, 37 anos. Foi-se pelo vírus H1N1 depois de doze horas de espera na fila do hospital. Antenor antes de ser meu pai foi João Victor, foi Douglinhas e foi um pouco de Alexandre. Se alguma história pode mudar alguma história, sua estrela brilha no céu me respondendo que sim.

RESERVADO

Uma publicação
Editora Arole Cultural

acesse o site
www.arolecultural.com.br